L'édition originale de cet ouvrage a
été publiée par Andersen Press Ltd
Londres, sous le titre :

THROUGH THE LOOKING GLASS

Imprimé en France par I.M.E. - 25110 Baume-les-Dames
Dépôt légal n° 4352-06/1993
22-16-2915-01/1 - ISBN 2-01-020685-1
Loi n° 49-956 du 16 juillet 1949
sur les publications destinées à la jeunesse - Dépôt 06-93

LEWIS CARROLL

ALICE
De l'autre côté
du miroir

Adapté et illustré par Tony Ross

Traduction de Philippe Rouard

HACHETTE Jeunesse

DISTRIBUTION DES PERSONNAGES

(tels qu'ils sont disposés sur l'échiquier
avant le commencement de la partie)

BLANCS		ROUGES	
PIÈCES	PIONS	PIONS	PIÈCES
Twideldie	Pâquerette	Pâquerette	Humptie Dumptie
Licorne	Haigha	Messager	Charpentier
Brebis	Huître	Huître	Morse
Reine Blanche	« Lily »	Lis tigré	Reine Rouge
Roi Blanc	Faon	Rose	Roi Rouge
Vieil Homme	Huître	Huître	Corbeau
Cavalier Blanc	Hatta	Grenouille	Cavalier Rouge
Twideldom	Pâquerette	Pâquerette	Lion

ROUGE

BLANC

Le Pion Blanc (Alice) joue et gagne en onze coups.

1. Alice rencontre la Reine Rouge.

2. Alice traverse (par chemin de fer) la 3ᵉ case de la Reine pour aller à la 4ᵉ case *(Twideldom et Twideldie).*

3. Alice rencontre la Reine Blanche *(et son châle).*

4. Alice va à la 5ᵉ case de la Reine *(boutique, rivière, boutique).*

5. Alice va à la 6ᵉ case de la Reine *(Humptie Dumptie).*

6. Alice va à la 7ᵉ case de la Reine *(forêt).*

7. Le Cavalier Blanc prend le Cavalier Rouge.

8. Alice va à la 8ᵉ case de la Reine *(couronnement).*

9. Alice sacrée Reine.

10. Alice roque *(festin).*

11. Alice prend la Reine Rouge et gagne.

1. La Reine Rouge va à la 4ᵉ case de la Tour du Roi.

2. La Reine Blanche *(à la poursuite de son châle)* va à la 4ᵉ case du Fou de la Reine.

3. La Reine Blanche *(qui se métamorphose en brebis)* va à la 5ᵉ case du Fou de la Reine.

4. La Reine Blanche *(qui abandonne l'œuf sur l'étagère)* va à la 8ᵉ case du Fou du Roi.

5. La Reine Blanche *(échappant au Cavalier Rouge)* va à la 8ᵉ case du Fou de la Reine.

6. Le Cavalier Rouge va à la 2ᵉ case du Roi *(échec).*

7. Le Cavalier Blanc va à la 5ᵉ case du Fou du Roi.

8. La Reine Rouge va à la case du Roi *(examen).*

9. Les Reines roquent.

10. La Reine Blanche va à la 6ᵉ case de la Tour de la Reine *(soupe).*

Sommaire

AVANT-PROPOS

Tout le monde connaît *De l'autre côté du miroir*, car c'est un classique, mais c'est aussi une histoire pour enfants pleine d'humour. « Je veux dire, comme dirait Twideldom, une histoire pour enfants pleine d'humour, et non pas une histoire pour enfants pleins d'humour... En aucune façon ! » Mais combien d'enfants aujourd'hui lisent et comprennent vraiment la version originale ?

Quand j'étais petit, même si l'intrigue me plaisait, c'est surtout les personnages que j'aimais, plus que le texte, assez hermétique et démodé. Une fois adulte, j'ai éprouvé l'envie de dessiner ces personnages, Twideldom et Twideldie, Humptie Dumptie, le Morse et le Charpentier, et j'ai découvert alors que c'était la drôlerie de l'histoire que je voulais peindre. Ceci m'obligeait à simplifier le texte original de Lewis Carroll, ce qui représente un énorme travail. Puis je me suis souvenu que l'auteur lui-même avait transformé *Alice au pays des Merveilles* en un conte pour les très jeunes enfants, car « Mon ambition maintenant est (est-ce utopique ?) d'être lu par des enfants âgés de zéro à cinq ans. D'être lu ? Que dis-je ? Plus que ça. Disons plutôt d'être feuillé, roucoulé, corné, chiffoné, embrassé par ces petits bambins à fossettes, ignorant la grammaire et l'alphabet, qui remplissent les crèches d'un joyeux vacarme. »

J'ai ainsi réécrit *De l'autre côté du miroir* en coupant certains passages compliqués ou démodés. J'ai essayé de restituer l'histoire d'une façon claire tout en restant très proche du texte et des idées de Lewis Carroll.

Voici donc un livre qui, plus qu'un emprunt à la version intégrale Teniel/Carroll – disponible comme un classique pour tous – offre la saveur de l'original aux enfants d'aujourd'hui. On y retrouve tous les personnages, tous les poèmes, et, par-dessus tout, l'humour.

J'espère surtout que le lecteur retrouvera l'esprit du chef-d'œuvre d'origine et appréciera, comme moi, cette histoire pour enfants pleine d'humour.

Tony Ross, Eastertide, 1992.

CHAPITRE PREMIER

La Maison du Miroir

Cela ne faisait aucun doute, la petite chatte blanche n'avait rien à voir dans cette affaire : c'était entièrement la faute de la petite chatte noire. Car la petite chatte blanche s'était fait débarbouiller par sa mère durant le dernier quart d'heure. Elle ne pouvait donc avoir pris la moindre part au méfait. Mais la petite chatte noire avait eu son content de débarbouillage dès le début de l'après-midi ; c'est pourquoi, tandis qu'Alice, blottie dans un coin du grand fauteuil, marmonnait toute seule d'une voix endormie, la petite chatte avait joué avec la

pelote de laine qu'Alice avait essayé d'enrouler si bien qu'elle n'était plus qu'un embrouillamini de nœuds, au milieu duquel la polissonne tournoyait sur elle-même à la poursuite de sa queue.

«Oh, la petite friponne!» s'écria Alice, en ne lui donnant qu'un tout petit baiser pour bien lui signifier sa disgrâce.

«Sais-tu, Kitty, poursuivit Alice, j'étais tellement en colère en voyant le gâchis que tu avais fait, que j'ai bien failli te mettre dehors dans la neige! Tu l'aurais mérité, petite friponne de mon cœur! Je vais te les dire, tes fautes. Premièrement, ce matin, tu as crié deux fois pendant que Dinah te lavait la frimousse. Ne prétends pas le contraire, Kitty, je t'ai entendue! Quoi? Que dis-tu? Elle t'a mis la patte dans l'œil? Ma foi, c'est *ta* faute; si tu avais gardé tes yeux bien fermés, cela ne serait pas arrivé. Deuxièmement, tu as tiré la queue de Boule-de-Neige, juste au moment où je mettais la soucoupe de lait devant elle! Et maintenant, ta troisième faute : tu as profité de ma distraction pour défaire toute ma pelote de laine!

«Cela fait trois fautes, Kitty. Sais-tu que je mets de côté toutes tes punitions pour mercredi prochain? Si on me gardait en réserve toutes mes punitions à moi, poursuivit-elle davantage pour elle-même que pour la petite chatte, et que pour chaque faute je sois privée de dîner, alors, assurément, cinquante dîners me fileraient d'un coup sous le nez! Ma foi, cela me serait bien égal après tout! Je préférerais de loin m'en passer plutôt que de *passer* à table!

« Kitty, sais-tu jouer aux échecs? s'écria Alice en lâchant la pelote de laine. Ne souris pas, je te demande cela très sérieusement. Parce que, tout à l'heure, quand nous étions en train de jouer, tu as suivi le jeu comme si tu le comprenais; et quand j'ai dit : "Echec!", tu t'es mise à ronronner! Kitty chérie, faisons comme si..., faisons-comme-si-nous-étions-des-rois-et-des-reines. Faisons comme si tu étais la Reine Rouge, Kitty! Si tu t'asseyais en te croisant les bras, tu lui ressemblerais parfaitement. » Alice alla prendre la Reine Rouge sur la table et la posa devant la chatte pour qu'elle lui servît de modèle, mais celle-ci refusait de croiser correctement les bras.

Aussi, pour la punir, elle la tint devant le miroir afin qu'elle vît combien elle avait l'air têtu... « Et si tu n'es pas sage tout de suite, ajouta-t-elle, je te fais passer de l'autre côté, dans la Maison du Miroir.

« Maintenant, Kitty, je vais te dire ce que je sais de la Maison du Miroir. D'abord il y a la pièce que tu peux voir dans la glace... Elle ressemble exactement à notre salon, à cette différence que tous les objets y sont à l'envers. Les livres ressemblent aux nôtres, sauf que les mots y sont écrits à l'envers. Maintenant, Kitty, nous en arrivons au couloir. Vois-tu, ce petit bout ressemble beaucoup à notre couloir, seulement voilà, il se peut que, plus loin, il soit complètement différent.

Oh, Kitty ! Comme ce serait merveilleux si nous pouvions entrer dans la Maison du Miroir ! Faisons comme s'il y avait un moyen d'y pénétrer. Tiens, faisons comme si le verre du miroir n'était qu'un voile léger que nous pourrions traverser. Mais, voilà qu'il se change en une sorte de brume. » Elle se retrouva perchée sur le rebord de la cheminée, sans trop savoir comment elle y était parvenue. Et assurément le miroir commençait bel et bien de se fondre en un brouillard vif-argent.

L'instant d'après, Alice avait traversé la glace et sauté avec agilité dans le salon du Miroir.

Elle se mit alors à promener son regard autour d'elle et remarqua que ce qu'on pouvait voir depuis le salon qu'elle venait de quitter était sans intérêt, mais que tout le reste était des plus étranges. Ainsi, les tableaux accrochés au mur à côté du feu avaient l'air d'être vivants et la pendule (vous savez que, dans le Miroir, on ne peut en voir que le dos) avait pris le visage d'un vieux petit bonhomme qui la regardait en souriant.

15

Alice remarqua plusieurs pièces d'un jeu d'échecs tombées parmi les cendres du foyer, et se mit à quatre pattes pour les observer. Les pièces du jeu faisaient les cent pas deux par deux!

« Voici le Roi Rouge et la Reine Rouge, murmura Alice, et voilà le Roi Blanc et la Reine Blanche assis sur le bord de la pelle à cendres... et voilà deux Tours marchant bras dessus, bras dessous... Je ne crois pas qu'ils puissent m'entendre, et je suis à peu près certaine qu'ils ne peuvent me voir. »

A cet instant un glapissement s'éleva de la table qui se trouvait derrière Alice; elle se retourna juste à temps pour voir l'un des Pions Blancs tomber à la renverse et se mettre à gigoter. « C'est la voix de mon enfant! s'écria la Reine Blanche en s'élançant avec une telle précipitation qu'elle renversa le Roi parmi les cendres. Ma précieuse petite Lily! »

« Sornettes! » grogna le Roi en se frottant le nez que sa chute n'avait pas épargné.

Alice était très désireuse de se rendre utile, si bien qu'elle ramassa prestement la Reine et la posa sur la table à côté de son bruyant rejeton.

La Reine se laissa choir sur son séant; elle suffoquait; cette soudaine traversée des airs lui avait coupé le souffle et, durant une minute ou deux, elle se contenta d'étreindre en silence la petite Lily. Dès qu'elle eut recouvré à peu près l'usage de ses poumons, elle cria au Roi Blanc, resté assis parmi les cendres : «Attention au volcan!

    – Quel volcan? demanda le Roi en coulant un regard inquiet vers le feu.

    – M'a... projetée... en l'air, haleta la Reine. Veillez à prendre... le chemin habituel... ne vous faites pas souffler!»

Alice regarda le Roi Blanc se hisser avec peine de barreau en barreau, puis elle finit par dire : «A ce train-là, il vous faudra des heures et des heures pour atteindre la table. Je ferais mieux de vous aider, ne pensez-vous pas?» Mais il était parfaitement évident que le Roi ne pouvait ni l'entendre ni la voir.

Aussi Alice le prit-elle dans sa main avec la plus extrême précaution et le souleva plus lentement qu'elle ne l'avait fait pour la Reine.

Le Roi, quand il se vit tenu en l'air par une main invisible, était si stupéfait que ses yeux et sa bouche s'agrandirent et s'arrondirent de façon si comique qu'Alice, secouée de rire, le posa sur la table. Il tomba à la renverse et ne bougea plus. Alice en conçut quelque inquiétude et elle fit le tour de la pièce à la recherche d'un peu d'eau pour lui asperger le visage, mais elle ne trouva rien. Quand elle revint, ce fut pour constater que le Roi avait repris conscience et que la Reine et lui s'entretenaient tout bas.

« Ah ! l'horreur de cette minute-là, poursuivit le Roi. Jamais, au grand jamais, je ne l'oublierai !

– Que si, vous oublierez, dit la Reine, à moins que vous n'en preniez note dans votre carnet. » Le Roi sortit alors un énorme calepin de sa poche et se mit à écrire. Une idée vint soudain à l'esprit d'Alice : elle saisit l'extrémité du crayon que tenait le Roi et qui dépassait de son épaule, pour se mettre à écrire à sa place.

Le pauvre Roi, l'air perplexe et malheureux, lutta un moment sans mot dire avec le crayon, mais, Alice étant trop forte pour lui, il finit par déclarer, haletant : « Ma chère, il me faut un crayon plus fin. Je ne puis maîtriser celui-ci ; il écrit toutes sortes de choses que je n'ai jamais eu l'intention...

– Quel genre de choses ? » demanda la Reine, en parcourant du regard le calepin sur lequel Alice avait écrit : *Le Cavalier Blanc glisse le long du tisonnier.* « Mais ce n'est sûrement pas le compte rendu de ce que vous-même avez ressenti ! »

Sur la table, près d'Alice, il y avait un livre, et tandis qu'elle observait le Roi Blanc, elle se mit à tourner les pages à la recherche d'un passage qui fût lisible.

Voilà à quoi cela ressemblait :

ꓘOVAႱЯƎꓭ

Grazil approchait, et les zarbouches limacieuses
Tournisquaient et scrillaient sur l'allecandreuse ;
Les minces plumayettes flutaient
Et les sangaverts égardus snifrognaient.

Elle se tracassa la tête pendant un moment, jusqu'à ce qu'une idée lumineuse lui vînt à l'esprit. « Mais bien sûr ! C'est un livre du Miroir ! Et si je le place devant une glace, les mots se remettront à l'endroit ! »

Et voici le poème que lut alice :

BERJAVOK

Grazil approchait, et les zarbouches limacieuses
Tournisquaient et scrillaient sur l'allecandreuse ;
Les minces plumayettes flutaient
Et les sangaverts égardus snifrognaient.

Prends garde au Berjavok, mon fils !
A sa gueule qui mord, à sa griffe lacéreuse !
Prends garde à l'oiseau de Jubjub, et fuis
La terrible Vampireuse !

Le garçon s'en alla son glaive orpalin à la main
Et longtemps chercha le dévoreur d'humains,
Puis l'arbre Tomtom il gagna
Où à réfléchir un instant il resta.

Et comme il s'abîmait dans de touffeuses pensées
Le Berjavok, l'œil flamboyant,
Du bois profond surgissait
En striflant et jasgrognant.

Une, deux! Une, deux! De part en part,
Le glaive orpalin frappa d'estoc et de slac!
Il le laissa mort et, la tête, lui tranchant,
Il s'en retourna au grand galophant.

Tu as tué le Berjavok.
Dans mes bras, mon fils rayonnant!
O jour frabjeux! Calouah! Caloueh!
Le père gloussayait de joie.

Grazil approchait, et les zarbouches limacieuses
Tournisquaient et scrillaient sur l'allecandreuse;
Les minces plumayettes flutaient
Et les sangaverts égardus snifrognaient.

« Cela semble très joli, dit-elle quand elle en eut terminé la lecture, mais c'est *plutôt* difficile à comprendre! Oh! si je ne me dépêche pas, il me faudra repasser à travers le Miroir, sans avoir eu le temps de voir le reste de la Maison! Allons d'abord jeter un coup d'œil au jardin!»

CHAPITRE II

Le Jardin des Fleurs vivantes

Je verrais le jardin beaucoup mieux, se dit Alice, si je pouvais atteindre le sommet de cette colline ; voici un sentier qui y mène tout droit... enfin, non, pas tout droit... Ah ! ce qu'il en fait des détours et des détours ! » Elle alla de bas en haut, de haut en bas, essaya tournant après tournant et, quoi qu'elle fît, revint toujours à la maison.

« Oh, c'est trop fort ! s'écria-t-elle. Je n'ai jamais vu une maison aussi obstinée à se mettre en travers de mon chemin ! Non, jamais ! »

Cependant, la colline était là, bien en vue ; il n'y avait donc qu'à se remettre en route. Cette fois, elle arriva devant un vaste parterre de fleurs au milieu duquel se dressait un houx.

« O Lis tigré, dit Alice en s'adressant gracieusement à la fleur qui se balançait au vent, comme j'aimerais que vous puissiez parler !

– Nous le pouvons, répondit le Lis tigré, quand l'interlocuteur en vaut la peine. »

La surprise d'Alice fut telle qu'elle chuchota d'une voix timide : « Est-ce que *toutes* les fleurs peuvent parler ?

– Aussi bien que vous, répondit le Lis tigré.

– Il n'entre pas dans nos manières, voyez-vous, d'engager les premières la conversation, dit la Rose, et je me demandais à quel moment vous alliez vous décider à parler ! Je me disais : "Sa physionomie n'est pas dénuée de bon sens, même si elle n'exprime pas une vive intelligence !" »

Alice, qui n'appréciait guère les critiques, se mit à poser des questions. « N'avez-vous pas peur quelquefois de rester plantées là, sans personne pour veiller sur vous?

– Et le Houx que vous voyez là au milieu, dit la Rose, à quoi d'autre peut-il servir selon vous?

– Mais que pourrait-il faire en cas de danger? demanda Alice.

– Il pourrait faire peur, dit la Rose.

– Oui, il crie "Hou! Hou!" confirma une Pâquerette. C'est pourquoi on l'appelle un Houx!

– Ignoriez-vous *cela*?» s'exclama une autre Pâquerette, et aussitôt, elles se mirent à crier toutes ensemble.

«Silence, vous autres! ordonna le Lis tigré en tremblant de colère. Elles savent bien que je ne peux les attraper! ajouta-t-il, sinon, elles n'oseraient pas se comporter de la sorte!» Alice, se baissant vers les Pâquerettes, murmura : « Si vous ne tenez pas vos langues, je vous cueille!»

Le silence se fit aussitôt et plusieurs Pâquerettes roses devinrent toutes blanches.

«Comment se fait-il que vous sachiez tous si bien parler? demanda Alice.

– Tâtez donc le sol de votre main et vous saurez pourquoi», répondit le Lis tigré.

Alice tâta le sol. «Il est très dur, dit-elle, mais je ne vois pas le rapport.

– Dans la plupart des jardins, expliqua le Lis tigré, on y fait les lits trop mous, ce qui fait que les fleurs sont toujours endormies.

– Je n'avais encore jamais pensé à cela, avoua Alice.

– A *mon* avis, vous ne pensez jamais à *rien,* lâcha la Rose d'un ton plutôt sec.

– Y a-t-il d'autres personnes que moi dans le jardin? demanda Alice, choisissant d'ignorer la remarque de la Rose.

– Il y a dans le jardin une autre fleur qui peut se déplacer comme vous, dit la Rose.

– Me ressemble-t-elle? questionna vivement Alice.

– Ma foi, elle a un aspect tout aussi bizarre que le vôtre, répondit la Rose, mais elle est plus rouge que vous, et ses pétales sont plus courts que les vôtres. Vous la verrez bientôt, je puis vous l'assurer.

– Elle arrive! s'écria le Pied d'Alouette. J'entends son pas – crrr, crrr, crrr – sur le gravier de l'allée!»

Alice regarda avec empressement autour d'elle et découvrit qu'il s'agissait de la Reine Rouge. «Elle a drôlement grandi!» fut sa première remarque. Elle avait beaucoup grandi en effet : quand Alice l'avait trouvée dans les cendres, elle ne mesurait guère plus de sept centimètres... et voilà que maintenant elle dépassait Alice d'une demi-tête!

«C'est le grand air qui en est la cause, dit la Rose.

– Je crois bien que je vais aller à sa rencontre, dit Alice.

– *Moi,* je vous conseillerais plutôt d'aller dans l'autre sens», dit la Rose.

Le propos parut insensé à Alice qui, sans répondre, partit aussitôt en direction de la Reine Rouge. A sa grande surprise, elle la perdit de vue en un instant et se retrouva de nouveau devant la porte de la maison.

Quelque peu agacée, elle rebroussa chemin et, songeant à suivre le conseil de la Rose, prit cette fois la direction opposée.

«D'où venez-vous? Et où allez-vous? questionna la Reine Rouge. Relevez la tête, parlez poliment et ne tripotez pas sans arrêt vos doigts.»

Alice lui expliqua qu'elle avait perdu son chemin.

« Je ne sais pas ce que vous entendez par *votre* chemin, dit la Reine : ici, tous les chemins m'appartiennent... mais, du reste, pourquoi êtes-vous venue ici ? ajouta-t-elle d'un ton plus aimable. Faites donc la révérence pendant que vous réfléchissez à ce que vous allez répondre. Cela fait gagner du temps. Et dites toujours "Votre Majesté".

— Je voulais seulement voir à quoi ressemblait le jardin, Votre Majesté...

— Fort bien, dit la Reine en lui tapotant la tête. Vous avez dit "jardin" ? Sachez que moi, j'ai vu des jardins en comparaison desquels celui-ci serait un désert. »

Alice poursuivit : « ... et je comptais essayer de trouver un chemin qui me conduisît en haut de cette colline...

— Vous avez dit "colline" ? l'interrompit la Reine. Moi, je pourrais vous montrer des collines en comparaison desquelles vous appelleriez celle-ci une vallée.

— Non, certainement pas, répliqua Alice. Une colline ne *peut pas* être une vallée. Ce serait une absurdité... »

Alice fit encore une fois la révérence car le ton de la Reine lui faisait craindre de l'avoir un *tout petit peu* offensée ; toutes deux cheminèrent en silence jusqu'au sommet de la colline. Un grand nombre de petits ruisseaux la sillonnaient d'un bout à l'autre, tandis qu'un plus grand nombre encore de petites haies vertes divisaient en carrés les bandes de terrrain que délimitaient les ruisseaux.

« Ma foi, cela ressemble en tout point à un vaste échiquier ! finit par s'écrier Alice. Il n'y manque que des pièces en train de se déplacer... et d'ailleurs il y en a ! ajouta-t-elle, ravie. C'est une grande partie d'échecs qui se joue là – sur toute la surface de la Terre. Oh ! que c'est amusant ! Comme je *voudrais* être l'une de ces pièces ! J'adorerais être une Reine. »

En disant cela elle coula un regard timide à la vraie Reine, mais sa compagne se contenta de sourire et lui dit : « Cela peut aisément s'arranger. Vous pouvez être, si vous voulez, le Pion de la Reine Blanche. Vous commencerez à la deuxième case et, quand vous arriverez à la huitième, vous serez Reine... » A ce moment précis, sans trop savoir pourquoi, elles se mirent à courir en se tenant par la main. La Reine ne cessait de crier « Plus vite ! Plus vite ! », mais Alice sentait bien qu'elle *ne pouvait* aller plus vite, et encore le souffle lui manquait-il pour le lui dire.

Ce qu'il y avait de plus curieux dans leur course, c'est que rien ne changeait de place autour d'elles : elles avaient beau courir le plus vite

possible, elles ne dépassaient jamais rien. « Allons ! criait la Reine. Plus vite ! » Et elles allaient si vite qu'on eût dit qu'elles glissaient à travers les airs. Puis, soudain, alors même qu'Alice parvenait à la limite de l'épuisement, elles s'arrêtèrent net et la fillette se retrouva assise par terre, hors d'haleine et tout étourdie.

« Mais... je crois que nous sommes tout le temps restées sous cet arbre ! s'exclama Alice. Tout est comme au départ !

– Naturellement, dit la Reine.

– Eh bien, dans notre pays à nous, répondit Alice, haletante, si l'on court très vite pendant longtemps, on arrive généralement quelque part ailleurs.

– Un pays bien lent, ma foi ! dit la Reine ? *Ici,* voyez-vous, il faut courir le plus vite possible pour rester au même endroit. Et si vous désirez aller quelque part ailleurs, vous devez courir au moins deux fois plus vite que ça !

– J'aime autant ne pas essayer ! dit Alice. J'ai si chaud et si soif !

– Je sais ce qui vous ferait plaisir ! dit la Reine, tirant une petite boîte de sa poche. Vous prendrez bien un biscuit ? »

Alice prit le biscuit qu'elle eut grand-peine à avaler, car il était fort sec. Jamais de sa vie elle ne s'était sentie si proche de l'étouffement.

« Pendant que vous vous désaltérez, dit la Reine, je vais prendre les mesures. » Elle tira de sa poche un ruban divisé en centimètres et se mit à mesurer le terrain, en plantant çà et là de petits piquets.

« Quand j'aurai arpenté deux mètres, dit-elle en enfonçant un piquet pour marquer l'intervalle, je vous donnerai mes instructions... Au bout du *troisième* mètre, je répéterai mes directives... de peur que vous ne les ayez oubliées. Au bout du *quatrième,* je vous dirai au revoir. Au bout du *cinquième,* je m'en irai ! »

Elle avait entre-temps planté tous les piquets, et c'est avec le plus grand intérêt qu'Alice les observa.

Parvenue au piquet qui marquait le deuxième mètre, elle se retourna et dit : « Vous savez qu'un Pion qui se déplace pour la première fois franchit deux cases. Donc, vous traverserez *très* rapidement la troisième case – par chemin de fer, je suppose – et vous vous retrouverez dans la quatrième case en un rien de temps. Celle-ci appartient à Twideldom et Twideldie... la cinquième est presque toute submergée par les eaux... la sixième appartient à Humptie Dumptie. La septième case n'est que forêt – mais l'un des Cavaliers vous montrera le chemin – et dans la huitième case nous serons Reines toutes les deux. »

Alice se leva, fit une révérence et se rassit.

Parvenue au piquet suivant, la Reine se retourna de nouveau et déclara : « Si vous ne vous rappelez pas le mot anglais pour désigner quelque chose, parlez donc en français... Ecartez bien vos doigts de pied quand vous marchez... Et rappelez-vous qui vous êtes ! » Elle gagna rapidement le piquet suivant, où elle se retourna un instant pour dire « au revoir », puis atteignit le dernier piquet et disparut. Alice se rappela alors qu'elle était un Pion et commença à se déplacer.

CHAPITRE III

Les Insectes du Miroir

La première chose à faire était d'observer très attentivement la contrée qu'elle allait parcourir. « Principales rivières... il n'y en a point. Principales montagnes... je me trouve sur la seule qui soit. Principales villes... tiens, tiens, quelles sont ces créatures qui font du miel là-bas? Ce ne sont tout de même pas des abeilles... Personne n'a jamais vu d'abeilles à une distance d'un kilomètre et demi... » Et elle resta un moment à observer en silence l'une d'entre elles qui butinait parmi les fleurs. Pourtant, c'était tout autre chose qu'une abeille ordinaire : en fait, c'était un éléphant. « Comme ces fleurs doivent être énormes! pensa-t-elle. Un peu comme des maisons sans toit, montées sur des tiges... Je vais descendre et... non, avant de descendre parmi eux, je ferais bien de me munir d'une longue branche bien solide pour les chasser... Je crois que je vais descendre par l'autre versant, décida-t-elle après un moment de réflexion; peut-être rendrai-je visite aux éléphants un peu plus tard. D'ailleurs, je tiens surtout à entrer dans la troisième case! »

Elle dévala alors la colline et d'un bond franchit le premier des six petits ruisseaux.

« Billets, s'il vous plaît! » dit le Contrôleur en passant sa tête par la portière. Aussitôt chacun tendit son billet.

« Allons ! Montrez votre billet, fillette ! » reprit le Contrôleur en lançant à Alice un regard courroucé. Il s'éleva alors un grand nombre de voix pour dire à l'unisson : « Ne le faites pas attendre, fillette ! Pensez, son temps vaut mille livres sterling la minute !

– J'ai bien peur de ne pas en avoir, dit Alice. Là d'où je viens, il n'y avait pas de guichet où prendre son billet.

– Ne vous cherchez pas d'excuse, dit le Contrôleur. Vous auriez dû en acheter un au Conducteur. » Et une fois de plus, le chœur reprit : « C'est l'homme qui conduit la machine. Pensez, la fumée seule vaut mille livres sterling la bouffée ! »

« Je vais rêver de millions et de millions de livres, cette nuit, c'est sûr et certain », se dit Alice.

Le Contrôleur l'observa d'abord avec un télescope, ensuite avec un microscope et enfin avec des jumelles de théâtre. « Vous vous êtes trompée de direction », lui dit-il enfin. Puis il releva la vitre et s'éloigna.

« Si jeune soit-elle, dit un Monsieur assis en face d'elle (il était vêtu d'un costume de papier blanc), cette enfant devrait savoir dans quelle direction elle va, même si elle ignore son propre nom ! »

Un Bouc, assis à côté du Monsieur en blanc, dit : « Elle devrait savoir trouver le guichet, même si elle ignore son alphabet ! »

Un Scarabée assis à côté du Bouc déclara : «Il lui faudra repartir d'ici en colis postal!»

Alice ne pouvait voir qui était assis de l'autre côté du Scarabée, mais ce fut une voix enrouée qui s'éleva ensuite. «Changez de machine!»

«On dirait la voix d'un cheval», pensa Alice. C'est alors qu'une toute petite voix lui chuchota à l'oreille :

«Vous pourriez faire un jeu de mots à ce propos...

quelque chose comme la "voix d'un cheval" et "l'avoine d'un cheval", par exemple.»

Le Monsieur en costume de papier blanc se pencha vers elle pour lui murmurer à l'oreille : «Ne prêtez pas attention à ce qu'ils racontent, mon enfant.

– Je n'en ferai rien! dit Alice. Je n'ai rien à faire dans ce train... Je me trouvais dans un bois il n'y a pas une minute... et je voudrais bien pouvoir y retourner!

– Vous pourriez faire un jeu de mots à ce propos,

dit la petite voix,

quelque chose comme "je me trouvais dans un bois, je me retrouve dans une boîte".»

Alice chercha en vain d'où venait la voix. Elle avait l'air si malheureuse.

«Je sais que vous êtes une amie,

poursuivit la petite voix,

et vous ne voudriez pas me faire de mal bien que je sois un insecte.

– Quelle sorte d'insecte? demanda Alice, qui voulait surtout savoir s'il piquait ou non.

– Comment donc? Ainsi vous ne...

commença de dire la petite voix, quand elle fut noyée par un sifflement strident qui provenait de la machine et qui les fit tous sursauter de terreur.

– Ce n'est qu'un ruisseau que nous allons devoir sauter», dit tranquillement une autre voix.

Alice éprouva quelque angoisse à l'idée qu'il existât des trains sauteurs. «Enfin, ce qui me réconforte c'est qu'il nous conduira à la quatrième case!» se dit-elle. Elle sentit le wagon s'envoler et, dans sa frayeur, se cramponna au premier objet qui lui tomba sous la main et qui n'était autre que la barbe du Bouc.

Mais la barbe parut se volatiliser et Alice se retrouva tranquillement assise sous un arbre... tandis que le Moucheron (car c'était lui, l'insecte à qui elle avait parlé) se balançait sur une petite branche, juste au-dessus de sa tête. C'était un *très* gros Moucheron, à peu près de la taille d'un poulet.

«...alors vous n'aimez pas tous les insectes? reprit le Moucheron, aussi tranquillement que si rien ne s'était passé.

– Je les aime quand ils savent parler, dit Alice. Là d'où je viens, aucun d'entre eux ne parle.

– Et là d'où vous venez, quelle sorte d'insectes avez-vous eu le plaisir de rencontrer? demanda le Moucheron

– Rencontrer des insectes ne m'a jamais fait plaisir, expliqua Alice. Mais je peux vous dire les noms de quelques-uns d'entre eux.

– Là-bas, dans la forêt, ils n'en ont pas... Mais continuez.

– Eh bien, il y a le Taon, commença Alice.

– Parfait, dit le Moucheron. A mi-distance de ce buisson, si vous regardez bien, vous pourrez voir un Taon-tacule. Il est entièrement fait de caoutchouc et il se déplace en se tortillant de branche en branche. »

Alice examina le Taon-tacule avec grand intérêt et se persuada que l'on venait juste de le repeindre, tant il était brillant, puis elle reprit :

« Et il y a le Scarabée.

– Regardez sur la branche au-dessus de votre tête, dit le Moucheron. Vous y trouverez un Scarabiscuit. Son corps est fait de biscuit aux pruneaux, ses ailes de feuilles de houx et sa tête est un raisin flambé au cognac. Et il nidifie dans un arbre de Noël.

– Ensuite il y a le Papillon, continua Alice.

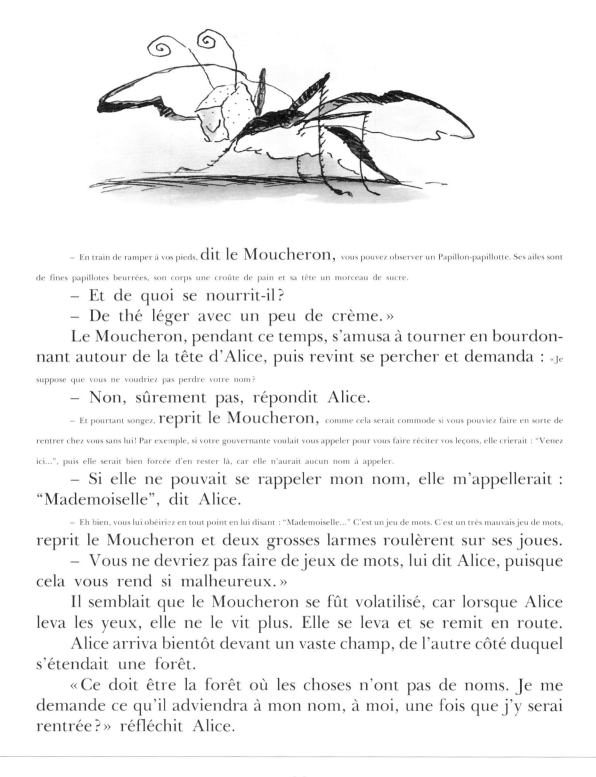

– En train de ramper à vos pieds, dit le Moucheron, vous pouvez observer un Papillon-papillotte. Ses ailes sont de fines papillotes beurrées, son corps une croûte de pain et sa tête un morceau de sucre.

– Et de quoi se nourrit-il ?

– De thé léger avec un peu de crème. »

Le Moucheron, pendant ce temps, s'amusa à tourner en bourdonnant autour de la tête d'Alice, puis revint se percher et demanda : « Je suppose que vous ne voudriez pas perdre votre nom ?

– Non, sûrement pas, répondit Alice.

– Et pourtant songez, reprit le Moucheron, comme cela serait commode si vous pouviez faire en sorte de rentrer chez vous sans lui ! Par exemple, si votre gouvernante voulait vous appeler pour vous faire réciter vos leçons, elle crierait : "Venez ici...", puis elle serait bien forcée d'en rester là, car elle n'aurait aucun nom à appeler.

– Si elle ne pouvait se rappeler mon nom, elle m'appellerait : "Mademoiselle", dit Alice.

– Eh bien, vous lui obéiriez en tout point en lui disant : "Mademoiselle..." C'est un jeu de mots. C'est un très mauvais jeu de mots, reprit le Moucheron et deux grosses larmes roulèrent sur ses joues.

– Vous ne devriez pas faire de jeux de mots, lui dit Alice, puisque cela vous rend si malheureux. »

Il semblait que le Moucheron se fût volatilisé, car lorsque Alice leva les yeux, elle ne le vit plus. Elle se leva et se remit en route.

Alice arriva bientôt devant un vaste champ, de l'autre côté duquel s'étendait une forêt.

« Ce doit être la forêt où les choses n'ont pas de noms. Je me demande ce qu'il adviendra à mon nom, à moi, une fois que j'y serai rentrée ? » réfléchit Alice.

La forêt était fraîche et sombre.

« C'est bien agréable, dit Alice, après avoir eu si chaud, de pénétrer dans le... dans la... dans *quoi*? poursuivit-elle, quelque peu surprise d'être incapable de trouver le mot. Je veux dire de se trouver sous le... (Elle posa sa main sur le tronc de l'arbre!) Je crois que ça n'a pas de nom... »

Un instant elle resta silencieuse, réfléchissant. « Et maintenant, qui suis-je? »

Juste à ce moment, un Faon apparut devant elle et la regarda de ses grands yeux tendres.

« Qui êtes-vous? » finit par demander le Faon d'une belle voix douce.

« J'aimerais bien le savoir! » pensa la pauvre Alice. Elle répondit avec quelque tristesse : « Pour l'instant, rien du tout. S'il vous plaît, pourriez-vous me dire qui vous êtes vous-même? demanda-t-elle timidement.

– Je vous le dirai, si nous allons un peu plus loin, répondit le Faon. Ici, je ne pourrais m'en souvenir. »

Ils cheminèrent ensemble à travers la forêt. Alice entourait tendrement de ses bras le cou du Faon. Ils arrivèrent bientôt devant un

autre champ et là, le Faon, d'un bond, s'arracha des bras d'Alice. «Je suis un Faon! s'écria-t-il d'une voix enjouée, et pauvre de moi! Vous êtes un petit d'homme!» Une soudaine lueur de panique passa dans ses beaux yeux bruns et, l'instant d'après, il fuyait ventre à terre.

Alice, dépitée, le regarda s'enfuir au loin. «Enfin, soupira-t-elle, je sais qui je suis désormais. Et maintenant, je me demande lequel de ces deux poteaux indicateurs il faut que je suive.»

Il n'était pas très difficile de répondre à cette question, car il n'y avait qu'une seule route qui s'enfonçait à travers bois et les deux poteaux indiquaient la même direction. L'un signalait RÉSIDENCE DE TWIDELDOM et l'autre : TWIDELDIE : RÉSIDENCE.

«Je crois bien, finit par dire Alice, qu'ils habitent dans la même maison! Je me contenterai de leur dire : "Comment allez-vous?" et je leur demanderai quel chemin je dois prendre pour sortir de la forêt. Si seulement je pouvais atteindre la huitième case avant la tombée de la nuit!»

CHAPITRE IV

Twideldom et Twideldie

Ils étaient debout sous un arbre, se tenant par le cou, et Alice sut immédiatement qui était qui, car ils avaient, l'un le mot DOM et l'autre le mot DIE brodés sur le devant de leur col de chemise.

Leur immobilité était si parfaite qu'Alice oublia tout à fait qu'ils étaient vivants et elle s'apprêtait à vérifier si le mot TWIDEL était inscrit au derrière de leur col, lorsque la voix de celui qui était marqué DOM la fit sursauter.

«Si vous nous prenez pour des figures de cire, dit-il, vous devriez payer pour voir, voyez-vous. Les figures de cire n'ont pas été faites pour être regardées gratuitement. En aucune façon!

– Si, au contraire, ajouta celui qui était marqué DIE, vous estimez que nous sommes vivants, vous devriez nous adresser la parole.

– Oh! je vous fais toutes mes excuses, dit Alice, pensant aux paroles d'une vieille chanson :

Twideldom et Twideldie
Décidèrent de se battre en duel
Car Twideldom prétendait que Twideldie
Lui avait cassé sa nouvelle crécelle.

Survint alors un monstrueux corbeau
Aussi noir qu'un bidon de goudron;
Il effraya tant nos deux héros
Qu'ils en oublièrent leur altercation.

42

«Je sais à quoi vous pensez, dit Twideldom.

— Au contraire... poursuivit Twideldie.

— J'étais en train de me demander, dit Alice très poliment, quel est le meilleur chemin à prendre pour sortir de ce bois : il commence à faire si sombre.»

Les deux petits gros se contentèrent de se regarder en ricanant. Ils ressemblaient tellement à deux grands écoliers qu'Alice ne put s'empêcher de désigner du doigt Twideldom en ordonnant : «Vous, là, le Premier, répondez!

— En aucune façon! s'écria vivement Twideldom, et il referma aussitôt la bouche avec un bruit sec.

— Vous, là, le Suivant, répondez! dit Alice.

— Au contraire!, cria Twideldie.

— Vous n'avez pas commencé comme il se doit! s'écria Twideldom.

Lorsqu'on est en visite, la première chose à dire, c'est : "Comment allez-vous?" et puis on se serre la main!»

Aussitôt, chacun des deux frères tendit sa main libre à Alice.

La fillette saisit les deux mains à la fois... et se retrouva illico entraînée dans une ronde avec les deux frères.

Les deux gros danseurs ne tardèrent pas à s'essouffler, et s'arrêtèrent de danser aussi subitement qu'ils avaient commencé.

« J'espère que vous n'êtes pas fatigués ? leur demanda Alice.

– En aucune façon. Et c'est *très* aimable à vous de vous en inquiéter, répondit Twideldom.

– Très aimable, en effet ! ajouta Twideldie. Aimez-vous la poésie ?

– Euh... oui, assez... répondit Alice. Voudriez-vous m'indiquer le chemin pour sortir du bois ?

– Que vais-je lui réciter ? demanda Twideldie sans prêter attention à la question d'Alice.

– *Le Morse et le Charpentier,* c'est la plus longue », répondit Twideldom. Twideldie commença sur-le-champ :

« Le soleil brillait... »

A ce moment, Alice se hasarda à l'interrompre :
« Voudriez-vous tout d'abord me dire quel chemin... »
Twideldie lui répondit d'un sourire aimable et reprit :

« Le soleil brillait sur la mer ;
Il brillait de toute sa force
Et faisait de son mieux
Pour lisser les flots d'un éclat argenté
Et cela pouvait paraître étrange,
Au beau milieu de la nuit.

La lune luisait, l'air bougon,
Car elle pensait que le soleil
N'avait plus rien à faire ici
Quand la journée était finie...
"Il ne manque pas de toupet, se disait-elle,
De venir jouer les rabat-joie !"

44

La mer était mouillée, aussi mouillée que possible,
Le sable de la plage sec, aussi sec que possible.
On ne pouvait voir un seul nuage,
Car, dans le ciel, ne passait aucun nuage.
On ne pouvait voir aucun oiseau,
Car, dans les airs, ne volait aucun oiseau.

Le Morse et le Charpentier
Marchaient l'un à côté de l'autre.
Tous deux pleuraient comme des baleines
A la vue de tant de sable.
"Si seulement on pouvait le déblayer,
Disaient-ils, comme ce serait formidable!"

"Si sept femmes de chambre, armées de sept balais,
Le balayaient durant toute une année,
Crois-tu, demanda le Morse,
Qu'elles en viendraient à bout?
– J'en doute", répondit le Charpentier,
Et il versa quelques larmes amères.

"O Huîtres, venez donc vous promener avec nous!
Implora le Morse.
Nous bavarderons plaisamment
Le long de la plage salée.
Nous ne pouvons en emmener que quatre,
Afin de donner à chacune la main."

La plus vieille des Huîtres regarda le Morse,
Mais ne desserra pas les lèvres.
La plus vieille des Huîtres lui cligna de l'œil
En hochant lourdement la tête
Et lui fit comprendre par là qu'elle préférait
Ne pas quitter le parc à Huîtres.

Mais quatre jeunes Huîtres,
Désireuses de se divertir,
Accoururent, la veste bien brossée,
Le visage débarbouillé,
Et c'était, voyez-vous, plutôt bizarre,
Car ces Huîtres n'avaient pas de pieds.

Quatre autres Huîtres les suivirent,
Puis quatre autres encore ;
Et en foule elles accoururent,
Par douzaines et douzaines,
Qui sautillaient à travers les vagues écumantes
Et se bousculaient pour atteindre le rivage.

Le Morse et le Charpentier,
Après avoir parcouru une lieue environ,
S'assirent sur un rocher
Qu'ils choisirent bas et confortable,
Et toutes les petites Huîtres
Vinrent gentiment se mettre en rang devant eux.

"Le moment est venu, dit le Morse,
De parler de nombre de choses.
De souliers... de bateaux... de cire à cacheter...
De choux... et de rois...
Et de se demander pourquoi la mer est bouillante
Et s'il est vrai que les cochons ont des ailes.

– Hé ! attendez un peu, s'écrièrent les Huîtres,
Avant de commencer à bavarder.
Car quelques-unes d'entre nous sont tout essoufflées,
Et nous sommes toutes si grasses !
– Rien ne presse ! répondit le Charpentier,
Qui fut bien remercié de sa bonté.

– Une miche de pain, dit le Morse,
Voilà ce qu'avant tout il nous faut,
Du poivre et du vinaigre ensuite
C'est très bien aussi...
Maintenant, si vous êtes prêtes, chères Huîtres,
Nous pouvons commencer à déjeuner.

– Mais pas en nous mangeant ! protestèrent les Huîtres
En bleuissant d'effroi.
Après tant de gentillesse, cela serait,
Serait une pure abomination !
– La nuit est belle, dit le Morse.
Vous n'admirez donc pas le paysage ?

C'est fort gentil à vous d'être venues
Et vous êtes vraiment délicieuses !"
Le Charpentier dit seulement :
"Coupe-nous une autre tranche de pain.
Ouvre donc tes oreilles,
Ça fait deux fois que je t'en prie.

– C'est une honte, dit le Morse
Que de leur jouer pareil tour,
Après les avoir fait trotter si vite!"
Le Charpentier dit seulement :
"Tu mets trop de beurre sur les tartines!

– Pour votre triste sort, dit le Morse,
Je ne suis que chagrin et compassion."
Pleurant et sanglotant, il se saisit alors
Des Huîtres les plus grosses,
Tout en tenant son mouchoir
Devant ses yeux ruisselants.

"O Huîtres, dit le Charpentier,
Vous avez fait une agréable promenade!
Allons-nous maintenant regagner la maison?"
Mais les Huîtres ne répondirent pas
Et cela n'était guère étonnant, car
Le Morse et le Charpentier les avaient toutes mangées.

– Je préfère le Morse, dit Alice, parce que, voyez-vous, lui, au moins, il avait un peu de peine pour ces pauvres Huîtres.

– Ça ne l'a pas empêché d'en manger davantage que le Charpentier, assura Twideldie.

– Dans ce cas, je préfère le Charpentier, s'exclama Alice.

– Mais il en a mangé autant qu'il a pu en prendre », remarqua Twideldom.

Alice répliqua : « Eh bien! Ils sont *tous les deux* antipathiques... » Mais elle s'interrompit alors, quelque peu inquiète d'entendre non loin dans la forêt un bruit qui ressemblait au halètement d'une grosse machine à vapeur, mais qui, elle le craignait, était plutôt émis par une bête sauvage.

« Ce n'est que le Roi qui ronfle, dit Twideldie.

– Venez donc le voir!» s'écrièrent les jumeaux et, chacun tenant Alice par une main, ils l'entraînèrent vers l'endroit où le Roi dormait.

Il avait la tête encapuchonnée d'un grand bonnet de nuit rouge orné et il gisait ratatiné en une sorte de tas malpropre.

« J'ai peur qu'il ne prenne froid à rester ainsi couché sur l'herbe humide, dit Alice, qui était une petite fille pleine d'attentions.

– De qui croyez-vous qu'il rêve? demanda Twideldie.

51

– Comment voulez-vous que je le sache ? répondit Alice.

– Mais c'est de *vous* qu'il rêve ! s'exclama Twideldie. Et s'il cessait de rêver de vous, où croyez-vous que vous seriez ?

– Où je suis en ce moment, bien entendu, dit Alice.

– Si le Roi que vous voyez là se réveillait, ajouta Twideldom, vous vous trouveriez soufflée – pfutt ! – comme la flamme d'une bougie !

– Ce n'est pas vrai ! s'exclama Alice. Chut ! Vous allez le réveiller, si vous faites tant de bruit.

– Allons, vous ne risquez pas de le réveiller, dit Twideldom, quand vous n'êtes qu'un des objets figurant dans son rêve.

– Ce n'est pas vrai ! Je suis réelle ! protesta Alice en fondant en larmes. Si je n'étais pas réelle, riposta Alice, je ne serais pas capable de pleurer. « Je sais qu'ils ne racontent que des idioties », se dit Alice. Elle essuya donc ses larmes et poursuivit : « En tout cas, il commence à faire très sombre. Croyez-vous qu'il va pleuvoir ? »

Twideldom déploya un grand parapluie au-dessus de lui-même et de son frère et déclara : « Pas là-dessous. En aucune façon. »

« Espèces d'égoïstes ! » pensa Alice, et elle s'apprêtait à leur dire : « Au revoir », lorsque Twideldom bondit de dessous le parapluie et lui saisit le poignet. Ses yeux se dilatèrent et jaunirent en un instant, tandis qu'il désignait d'un index tremblotant un petit objet blanc qui gisait au pied de l'arbre.

« Ce n'est qu'une crécelle, dit Alice après avoir examiné la chose.

– Ce n'est pas une vieille crécelle ! s'écria Twideldom. Elle est toute neuve, vous dis-je... Je l'ai achetée hier... ma belle crécelle NEUVE ! » et sa voix monta jusqu'aux sommets de l'aigu.

Pendant ce temps, Twideldie faisait tous ses efforts pour refermer le parapluie sur lui. Mais il ne put mener à bien sa tentative et il finit par rouler sur le sol, empaqueté dans le parapluie d'où seule sa tête dépassait. Il demeura couché là, ouvrant et fermant sa bouche et ses gros yeux... « ressemblant davantage à un poisson qu'à tout autre chose ! », songea Alice.

« Naturellement vous acceptez de vous battre ? demanda Twideldom d'un ton plus calme.

– Je suppose que oui, répondit d'une voix grincheuse son adversaire, en s'extrayant à quatre pattes du parapluie. Mais il faut, voyez-vous, qu'elle nous aide à nous harnacher. »

Alors les deux frères, se tenant par la main, pénétrèrent sous le couvert du bois, pour en ressortir une minute plus tard, les bras chargés d'un tas d'objets : traversins, couvertures, carpettes, nappes, couvre-plats, et seaux à charbon.

Ils lui donnèrent un mal de chien en lui faisant nouer leurs ficelles et boutonner leurs boutons ! « Je me demande à quoi ils ressembleront, une fois qu'ils seront prêts, sinon à des ballots de vieux habits ! » se dit Alice, en disposant un traversin autour du cou de Twideldie, « pour éviter, dit-il, d'avoir la tête tranchée. »

Alice laissa fuser un éclat de rire, qu'elle se hâta de transformer en toux.

« Je suis très courageux d'ordinaire, dit Twideldom à voix basse, mais, aujourd'hui, il se trouve que j'ai la migraine.

— Et *moi*, j'ai mal aux dents ! dit Twideldie. Et c'est bien plus grave qu'une migraine !

— Dans ce cas, vous feriez mieux de ne pas vous battre aujourd'hui, conseilla Alice.

— Nous devons absolument nous battre un petit peu, dit Twideldom. Combattons jusqu'à six heures et ensuite nous irons dîner.

— Entendu, répondit l'autre, sans le moindre enthousiasme. Quant à elle, elle pourra nous regarder... Mais vous ferez bien de ne pas trop vous approcher, ajouta-t-il à l'intention d'Alice, en général quand je suis vraiment surexcité, je frappe sur tout ce que je vois. »

Alice se mit à rire : « Vous devez frapper assez souvent sur les arbres, je suppose. »

Twideldom promena autour de lui un sourire satisfait.

« Je ne crois pas, déclara-t-il, qu'il restera un seul arbre debout à la ronde, quand nous en aurons fini!

– Et tout ça à cause d'une vieille crécelle! s'exclama Alice.

– Une crécelle neuve! dit Twideldom. Dépêchons-nous de commencer. Il fait déjà très sombre. »

L'obscurité tombait en effet si brusquement qu'Alice crut à l'imminence d'un orage. « Le gros nuage noir que voilà! s'exclama-t-elle. Et comme il approche vite! Mais... je crois bien qu'il a des ailes!

– C'est le corbeau! » s'écria Twideldom en poussant un cri d'alarme. Aussitôt les deux frères prirent leurs jambes à leur cou et eurent tôt fait de disparaître dans la forêt.

Alice courut se mettre à l'abri sous le couvert. Elle s'arrêta au pied d'un grand arbre. « Je voudrais bien qu'il cesse de battre ainsi des ailes... cela provoque un véritable ouragan dans la forêt... Tiens! voici un châle que le vent emporte! »

CHAPITRE V

Laine et eau

Alice attrapa le châle et chercha des yeux sa propriétaire. L'instant d'après la Reine Blanche arrivait en courant à travers bois, les deux bras grand écartés, comme si elle volait, et Alice, fort poliment, se porta à sa rencontre pour lui rendre son bien, et l'aida à remettre son châle. Elle se hasarda à demander d'une voix timide : « Est-ce à la Reine Blanche que ce châle appartient ?

— Oui, si ce châle à part tient !» repartit la Reine Blanche.

Alice estima qu'il serait inopportun d'entamer une dispute avec la Reine. Elle lui déclara donc avec le sourire : « Si Votre Majesté veut bien me dire comment il faut commencer, je m'exécuterai du mieux possible.

— Mais je ne veux rien commencer du tout ! gémit la pauvre Reine. Quand on commence, on ne sait jamais où cela finit.»

« On dirait la Reine des Chiffonniers, songea Alice, et tout ne tient que par des épingles !...» « Puis-je me permettre de redresser votre châle ? ajouta-t-elle à haute voix.

— Je ne sais pas ce qui lui prend, à ce châle, dit la Reine. Je lui ai mis une épingle ici, je lui en ai mis une là, mais il refuse de s'attacher à ma personne !

— Il ne peut rester droit, voyez-vous, si vous mettez les deux épingles du même côté, dit Alice en le lui remettant délicatement d'aplomb. Mais vraiment, vous devriez avoir une femme de chambre !

— Je vous prendrais volontiers à mon service, dit la Reine. Deux sous la semaine et confiture à volonté tous les autres jours.»

Alice ne put s'empêcher de répondre en riant : «Je ne tiens pas à ce que vous me preniez à votre service... et je n'aime guère la confiture.

— Vous ne pourriez en avoir, même si vous en vouliez à tout prix, dit la Reine. La règle est : confiture demain et confiture hier, mais jamais confiture aujourd'hui.

— On doit quelquefois en arriver à : "confiture aujourd'hui", objecta Alice.

— Non, c'est impossible, dit la Reine. C'est confiture tous les *autres* jours : aujourd'hui, voyez-vous, n'est pas un *autre* jour.

— Je ne vous comprends pas, dit Alice.

— C'est là le fait de vivre à l'envers, dit la Reine, aimable : au début cela vous fait un peu tourner la tête...

— Vivre à l'envers! répéta Alice, fort étonnée. Je n'ai jamais entendu chose pareille!

— Par exemple, en ce moment, poursuivit-elle tout en appliquant un gros emplâtre sur son doigt, il y a l'affaire du Messager du Roi. Il purge une peine de prison pour le moment et le procès ne commencera pas avant mercredi prochain; naturellement, le crime viendra en dernier.

– Et supposons qu'il ne commette jamais son crime ? objecta Alice.

– Alors cela n'en serait que mieux, n'est-ce pas ?» répondit la Reine en bandant l'emplâtre autour de son doigt d'un bout de ruban.

Alice commençait à dire : «Il doit y avoir une erreur quelque part...», quand la Reine se mit à pousser des cris perçants : «Oh, oh, oh! Mon doigt saigne! Oh, oh, oh!»

«Qu'avez-vous donc ? demanda Alice. Vous êtes-vous piqué le doigt ?

– Je ne me le suis pas *encore* piqué, dit la Reine.

– Quand pensez-vous que cela va arriver ? demanda Alice qui se retenait pour ne pas éclater de rire.

– Lorsque j'attacherai de nouveau mon châle, gémit la pauvre Reine.» Comme elle prononçait ces mots, la broche s'ouvrit brusquement et la Reine tenta frénétiquement de la refermer.

«Prenez garde! Vous la tenez tout de travers!» s'écria Alice en saisissant à son tour la broche, mais il était trop tard : l'épingle avait glissé et la Reine s'était piqué le doigt.

«Voilà pourquoi, voyez-vous, je saignais tout à l'heure, dit-elle en souriant à Alice.

– Mais pourquoi ne criez-vous pas *maintenant*? demanda Alice.

– Ma foi, j'ai déjà crié comme je le devais, répondit la Reine.»

Entre-temps, la lumière du jour était revenue. «Le corbeau a dû s'envoler», pensa Alice.

La broche s'était défaite de nouveau et une soudaine rafale de vent avait emporté son châle de l'autre côté d'un petit ruisseau. Et la Reine de déployer les bras de nouveau et de s'envoler à sa poursuite. Cette fois, elle réussit à le rattraper toute seule. «Je l'ai! s'écria-t-elle d'une voix triomphante. Maintenant vous allez voir, je vais le ré-épingler sur moi toute seule!

– Dans ce cas j'espère que votre doigt va mieux à présent ? dit très poliment Alice en traversant à son tour le petit ruisseau.

– Oh, il va très bien! s'écria la Reine dont la voix s'élevait dans l'aigu. Très bien! Bi-e-en! Bie-e-en! Be-e-hh!» Le dernier mot s'acheva dans un long bêlement si semblable à celui d'une brebis qu'Alice sursauta.

Elle regarda la Reine, se frotta les yeux, puis la regarda de nouveau : toute cette laine qui emmitouflait la Reine... Alice ne comprenait rien à ce qui s'était passé. Elle promena son regard autour d'elle. Etait-elle bien dans une boutique? Et était-ce vraiment... était-ce vraiment une *brebis,* assise là, derrière le comptoir? Elle se trouvait dans une petite boutique sombre, et en face d'elle il y avait une vieille brebis en train de tricoter assise dans un fauteuil.

«Que désirez-vous? demanda enfin la Brebis en levant les yeux de son tricot.

– Je ne sais pas encore, dit très gentiment Alice. J'aimerais d'abord jeter un coup d'œil autour de moi, si vous le permettez.

– Vous pouvez, si vous le désirez, jeter un coup d'œil en face de vous et aussi à votre gauche comme à votre droite, dit la Brebis, mais

61

vous ne pouvez en jeter un *autour* de vous... à moins que vous n'ayez des yeux derrière la tête.»

Le lieu semblait rempli de toutes sortes de curieux objets... mais ce qu'il y avait de plus étrange, c'est que chaque fois qu'elle regardait attentivement un rayon pour bien voir ce qu'il contenait, ce même rayon était tout à fait vide, alors que tous les rayons voisins regorgeaient d'une quantité d'articles.

La Brebis prit une autre paire d'aiguilles. Elle travaillait maintenant avec quatorze paires d'aiguilles à la fois et Alice ne put s'empêcher de la regarder faire avec stupeur.

«Savez-vous ramer? demanda la Brebis en lui tendant une paire d'aiguilles à tricoter.

– Oui, mais pas sur la terre ferme... et pas avec des aiguilles...» commençait de dire Alice, quand soudain les aiguilles dans ses mains se transformèrent en avirons, et elle se retrouva avec la Brebis dans un petit canot en train de glisser sur l'eau entre deux rives.

«Plumez!» cria la Brebis en prenant une nouvelle paire d'aiguilles. Alice continua de ramer sans rien dire. Elle remarqua que l'eau avait ceci d'étrange : de temps à autre les rames y restaient prises et n'en ressortaient que très difficilement.

«Ne m'avez-vous donc pas entendu dire : "Plumez"? s'écria la Brebis, en prenant tout un paquet d'aiguilles.

– Bien sûr que si, riposta Alice, mais je ne suis pas un oiseau!

– Que si! dit la Brebis. Vous êtes une petite oie.»

Alice trouva le qualificatif vexant et, pendant une minute ou deux, la conversation s'interrompit, tandis que le canot continuait de glisser parmi des bancs de plantes aquatiques.

«Oh! s'il vous plaît! Il y a des joncs fleuris! s'écria Alice, et ils sont si beaux!

– Inutile de me dire : "S'il vous plaît" à leur sujet, dit la Brebis sans lever les yeux de son ouvrage. Ce n'est pas moi qui les ai mis là.

– Non, bien sûr, mais je voulais dire... s'il vous plaît, pourrions-nous nous arrêter un instant, le temps d'en cueillir? expliqua Alice. Si toutefois vous ne voyez aucun inconvénient à arrêter le canot pendant une minute?

– Comment voulez-vous que *moi,* je l'arrête ? dit la Brebis. Si vous cessez de ramer, il s'arrêtera bien tout seul. »

Alice laissa donc l'esquif dériver au fil de l'eau jusqu'à ce qu'il vînt glisser doucement parmi les joncs qui se balançaient au vent. Alors les petits bras plongèrent dans l'eau jusqu'au coude afin de saisir les joncs le plus bas possible avant d'en casser la tige… Et pendant un moment Alice oublia la Brebis et son tricot, tandis qu'elle se penchait par-dessus bord, le bout de ses cheveux emmêlés trempant dans l'eau.

« J'espère que le canot ne va pas chavirer, se dit-elle. Oh ! Que celui-ci est donc joli ! » se plaignit-elle. Elle regagna sa place à quatre pattes puis commença à disposer avec amour sa cueillette.

Dès l'instant où elle les avait cueillis, les joncs se mirent à se faner et à perdre leur parfum et leur beauté. Les joncs fleuris ne durent qu'un très court instant… et ceux-ci, qui étaient des joncs de rêve, fondaient comme neige au soleil… mais c'est à peine si Alice s'en apercevait, car tant d'autres faits étranges déjà forçaient son attention.

L'un des avirons s'enfonça dans l'eau et n'en *voulut* plus ressortir. Le levier vint frapper Alice sous le menton et elle fut balayée de son siège et chut parmi le tas de joncs.

La Brebis, elle, continuait de tricoter, comme si rien ne s'était passé. « Vous venez d'attraper là un bien joli crabe! dit-elle à Alice.

– Oh! où ça? répondit Alice. J'aimerais tellement rapporter à la maison un petit crabe! dit-elle, regardant l'eau sombre. Y a-t-il ici beaucoup de crabes? demanda-t-elle.

– Il y a ici des crabes et toutes sortes de choses, répondit la Brebis : un très grand choix, mais il faut vous décider. Allons, dites ce que vous désirez acheter!

– Acheter!» répéta Alice d'une voix mi-surprise, mi-apeurée... car la rivière avait subitement disparu et elle se trouvait de nouveau dans la petite boutique mal éclairée.

« J'aimerais acheter un œuf, s'il vous plaît, dit-elle timidement. Combien les vendez-vous?

– Cinq sous l'un, deux sous les deux.

– Deux œufs seraient-ils moins chers qu'un seul? demanda Alice.

– Oui, mais si vous en achetez deux, il vous faut les manger tous les deux, l'avertit la Brebis.

– Dans ce cas, je n'en prendrai qu'un, dit Alice.»

La Brebis prit l'argent et le rangea dans une boîte ; puis elle dit : « Je ne remets jamais les articles dans les mains des clients. Vous devrez prendre l'œuf vous-même. » Ce disant, elle gagna le fond du magasin et posa l'œuf debout sur une étagère.

Alice avança à tâtons parmi les tables et les chaises, car le fond de la boutique était très sombre. « Il me semble que l'œuf s'éloigne à mesure que je m'en approche. Voyons, est-ce là une chaise? Mais elle a des branches! Comme c'est étrange que des arbres poussent ici! Et ne voilà-t-il pas un petit ruisseau?»

Elle continua donc d'avancer, allant à chaque pas de surprise en surprise, car chaque objet se transformait en arbre dès l'instant où elle s'en approchait et elle s'attendait à ce que l'œuf en fît autant.

CHAPITRE VI

Humptie Dumptie

Cependant, l'œuf ne fit que grossir et grossir en prenant de plus en plus figure humaine. Quand Alice parvint à quelques pas de lui, elle vit qu'il avait des yeux, un nez et une bouche, et une fois qu'elle se trouva face à lui, elle vit clairement que c'était Humptie Dumptie en personne. Humptie Dumptie était assis les jambes croisées, sur le faîte d'un haut mur.

«Comme il ressemble parfaitement à un œuf!» dit-elle à haute voix, en tendant les mains pour le rattraper, car elle s'attendait à tout moment à le voir tomber.

«Il est vraiment insupportable de se faire traiter d'œuf, dit Humptie Dumptie après un long silence.

– J'ai dit, monsieur, que vous *ressembliez* à un œuf, expliqua Alice. Et il existe de très jolis œufs, voyez-vous.

– Il y a des gens, reprit Humptie Dumptie, qui n'ont pas plus de bon sens qu'un bébé!»

Alice ne sut que répondre. Elle resta donc plantée là, au pied du mur, à réciter tout bas :

«Humptie Dumptie sur un mur perché,
De tout en haut a chuté,
Tous les chevaux et soldats du Roi
N'ont pu remettre Humptie Dumptie à l'endroit.

– Ne restez pas à marmonner toute seule de la sorte, dit Humptie

Dumptie, mais dites-moi plutôt votre nom et ce qui vous amène ici.

– Mon *nom* est Alice, mais...

– C'est un nom bien idiot! l'interrompit Humptie Dumptie. Qu'est-ce qu'il signifie?

– Un nom doit-il signifier quelque chose? demanda Alice d'un ton de doute.

– Bien sûr que oui! répondit Humptie Dumptie avec un rire bref. Le mien, à moi, indique la forme de mon corps. Avec un nom comme le vôtre, vous pourriez avoir à peu près n'importe quelle forme.

– Pourquoi restez-vous perché tout seul sur ce mur? demanda Alice, peu désireuse d'engager une discussion.

– Ma foi, parce qu'il n'y a personne avec moi! s'écria Humptie Dumptie.

– Ne croyez-vous pas que vous seriez plus en sécurité sur le sol? poursuivit Alice.

– Bien sûr que non, je ne le crois pas! Ma foi, si jamais je venais à tomber... ce qui ne risque pas d'arriver... mais enfin... admettons... (Il prit un air si solennel et si pompeux qu'Alice eut peine à se retenir de rire.) Si donc je venais à tomber, poursuivit-il, *le Roi m'a promis...* ah! vous pouvez pâlir, si cela vous chante! Vous ne vous attendiez pas à ça, n'est-ce pas? *Le Roi m'a promis... de sa propre bouche...* de... de...

– D'envoyer tous ses chevaux et tous ses soldats, l'interrompit Alice.

– Ah, bien! On peut écrire de telles choses dans un *livre,* dit Humptie Dumptie d'une voix calme. C'est ce qu'on appelle l'Histoire. Maintenant, regardez-moi bien! Moi... qui ai parlé à un Roi! Peut-être n'en verrez-vous jamais d'autre que moi; et pour vous montrer que je ne suis pas fier, vous pouvez me serrer la main!» Il sourit alors presque jusqu'aux oreilles en se penchant en avant (il s'en fallut de peu que, ce faisant, il ne tombât de son perchoir) et il tendit la main à Alice. Elle la prit avec quelque inquiétude. «S'il souriait davantage, les coins de sa bouche pourraient fort bien se rejoindre par-derrière, pensa-t-elle, et alors sa tête se détacherait!»

«Oui, tous ses chevaux et tous ses hommes, reprit Humptie Dumptie. Mais revenons-en à votre dernière remarque.

– J'ai bien peur de ne pas m'en souvenir, dit Alice très poliment.

– Dans ce cas repartons à zéro, proposa Humptie Dumptie. Quel âge avez-vous dit que vous aviez ? »

Alice fit un bref calcul et répondit : « Sept ans et six mois.

– Faux ! s'exclama triomphalement Humptie Dumptie. Vous n'avez jamais rien dit de semblable !

– J'ai cru comprendre que vous me demandiez quel âge *j'ai,* expliqua Alice.

– Si j'avais voulu demander cela, je l'aurais dit », repartit Humptie Dumptie.

Peu soucieuse de s'engager dans une nouvelle discussion, Alice se garda d'insister.

« Quelle belle ceinture vous portez ! » remarqua tout à coup Alice. Humptie Dumptie avait l'air profondément vexé ; elle commençait à regretter d'avoir choisi ce sujet. « Si seulement je savais, pensa-t-elle, où finit le cou et où commence la taille ! »

Humptie Dumptie ne prononça pas un mot pendant une minute ou deux. Quand il se décida à reprendre la parole, il n'émit d'abord qu'un sourd grognement.

« C'est une cravate, fillette, et une belle cravate, comme vous le disiez. C'est un cadeau du Roi Blanc et de la Reine Blanche. Oui, ils me l'ont donnée, poursuivit Humptie Dumptie en croisant les jambes, en cadeau de non-anniversaire.

– Je vous demande pardon? demanda Alice. Qu'est-ce qu'un cadeau de *non*-anniversaire?

– Un cadeau qu'on vous offre lorsque ce n'est pas votre anniversaire, pardi!»

Alice médita un peu sur cette réponse. «Personnellement, finit-elle par dire, je préfère les présents d'anniversaire.

– Vous ne savez pas de quoi vous parlez! s'écria Humptie Dumptie. Combien de jours y a-t-il dans l'année?

– Trois cent soixante-cinq.

– Et combien d'anniversaires avez-vous?

– Un seul.

– Et si vous enlevez un de trois cent soixante-cinq, que reste-t-il?

– Trois cent soixante-quatre, évidemment.»

Humptie Dumptie parut sceptique. «Je préférerais voir ça écrit noir sur blanc», dit-il.

Alice ne put s'empêcher de sourire tandis qu'elle tirait son calepin de sa poche et faisait l'opération pour lui :

Humptie Dumptie prit le calepin et le considéra attentivement. «Cela me semble juste... commença-t-il.

– Vous le tenez à l'envers! l'interrompit Alice.

– Tiens, c'est vrai! reconnut gaiement Humptie Dumptie. J'avais bien vu aussi que c'était un peu bizarre. Cela vous montre donc qu'il y a trois cent soixante-quatre jours où vous pourriez recevoir des cadeaux de non-anniversaire, et un *seul* jour pour les cadeaux d'anniversaire, voyez-vous. Quelle gloire pour vous!

– Je ne vois pas très bien ce que vous entendez par "gloire"», dit Alice.

Humptie Dumptie sourit. «Pour ça, fillette, il vous faut attendre que je vous l'explique. J'entendais par là : "Quel bel argument de poids en votre faveur!"

– Mais "gloire" ne signifie pas "bel argument de poids", objecta Alice.

– Lorsque *moi* j'emploie un mot, répliqua Humptie Dumptie dédaigneux, il signifie exactement ce que je veux qu'il signifie... rien de plus, rien de moins. Par "argument", j'entends que nous avons assez débattu du sujet et que vous feriez tout aussi bien de me dire quelles sont maintenant vos intentions, car je suppose que vous n'allez pas rester plantée ici toute votre vie.

– C'est un drôle de tour de force que de faire dire autant de choses à un seul mot, remarqua pensivement Alice. Vous me semblez, monsieur, dit Alice, avoir le don d'expliquer les mots. Voudriez-vous avoir l'obligeance de me dire la signification du poème *Berjavok* ?

– Faites-le-moi entendre, dit Humptie Dumptie. Je peux expliquer tous les poèmes inventés à ce jour... et bon nombre de ceux qui ne l'ont pas encore été. »

Cette déclaration était pour le moins prometteuse et Alice récita donc la première strophe de *Berjavok* :

« *Grazil approchait, et les zarbouches limacieuses*
Tournisquaient et scrillaient sur l'allecandreuse ;
Les minces plumayettes flutaient
Et les sangaverts égardus snifrognaient.

– Cela suffit pour commencer, l'interrompit Humptie Dumptie. Il y a plein de mots difficiles là-dedans. *Grazil*, c'est six heures du soir, l'heure où grésille dans la poêle l'omelette du dîner. Et *limacieuses* signifie "lime et scieuse". Il y a deux significations pour un seul mot.

– Oui, je vois, dit Alice, pensive. Et qu'est-ce que les *zarbouches* ?

– Eh bien, les *zarbouches* c'est un peu comme des blaireaux, un peu comme des lézards et un peu comme des tire-bouchons.

– Quelles créatures étranges cela doit être !

– Etranges, en effet, dit Humptie Dumptie ; elles font leurs nids sous les cadrans solaires et se nourrissent de fromage.

– Et que signifie *tournisquer* et *scriller* ?

– *Tournisquer,* c'est tourner comme un gyroscope. *Scriller,* c'est faire des trous comme une vrille.

– Et l'*allecandreuse* est, je suppose, l'allée qui mène au cadran solaire? dit Alice.

– Oui, naturellement. On l'appelle *allecandreuse,* parce qu'elle se prolonge loin devant et loin derrière. Quant au *plumayette,* c'est un oiseau haut sur pattes, avec des plumes dans tous les sens qui le font ressembler à un plumeau vivant.

– Et les *sangaverts égardus*? demanda Alice.

– Ma foi, le *sangavert* est une espèce de cochon vert; mais je ne suis pas certain pour *égardu*. Je crois que cela signifie perdu, égaré.

– Et que veut dire *snifrogner*?

– Oh! le *snifrognement* tient à la fois du beuglement et du siffle-ment, avec, entre les deux, une sorte d'éternuement. Mais qui vous a appris un poème aussi difficile?

– Je l'ai lu dans un livre, répondit Alice.

– En ce qui concerne la poésie, voyez-vous, dit Humptie Dumptie, je suis capable de dire des vers aussi bien que quiconque.

– Oh! je vous crois sur parole! s'empressa de dire Alice dans l'espoir de couper court à un nouveau récital poétique.

– La poésie que je vais vous réciter, poursuivit-il sans prêter attention à la remarque d'Alice, a été écrite pour votre agré-ment.»

Alice comprit que dans ce cas elle se *devait* de l'écouter, et elle s'assit en murmurant un «merci» plutôt accablé.

«*En hiver quand blancs sont les champs*
Je chante cette chanson pour votre enchantement...

Notez que je ne la chante pas, fit-il observer.

73

– Je le vois, en effet, dit Alice.
– *Au printemps, quand les bois se mettent à verdir*
Je vous aiderai à comprendre ce que je veux dire.

– Je vous remercie bien, dit Alice.

– *En été, quand les jours sont longs*
Vous finirez, je pense, par comprendre ma chanson.

En automne, lorsque les feuilles sont brunes
Afin de le noter, prenez donc encre et plume.

– Certainement, dit Alice.
– Inutile de continuer à faire des remarques de ce genre, dit Humptie Dumptie. Elles n'ont aucun sens et elles me dérangent.

« J'ai envoyé un message aux poissons
Je leur ai dit : "Voici ce que nous voulons."

Les petits poissons m'ont répondu :
"Nous ne le pouvons, monsieur, vu..."

– Je crains de ne pas très bien comprendre, dit Alice.
– La suite est plus facile, répondit Humptie Dumptie.

« De nouveau je leur ai écrit pour leur dire :
"Vous feriez mieux d'obéir."

Les poissons répondirent avec un sourire :
"Pourquoi vous mettre dans une telle ire !"

Je leur ai dit une fois, je leur ai dit deux fois,
Mais ils n'ont pas voulu m'écouter une seule fois.

J'ai pris une grande bouilloire de fer,
Parfaite pour ce que je voulais faire.

Mon cœur battait fort, il battait à se rompre,
Et j'ai rempli la bouilloire à la pompe.

Alors survint un messager qui me dit :
"Les petits poissons sont au lit."

Au messager j'ai répondu sans détours :
"Dans ce cas, les réveiller, il faut que tu courres."

C'est à haute voix que j'ai parlé de réveil,
Je le lui ai même crié à l'oreille.

Mais ce fier-à-bras ne broncha pas d'un cil.
"Inutile de crier si fort, me dit-il.

J'irai les réveiller, si je veux..."
Me dit encore l'orgueilleux.

J'ai pris sur l'étagère un tire-bouchon
Et j'allai moi-même réveiller les poissons.

Mais quand je trouvai leur porte verrouillée
Je tirai et poussai et frappai et cognai.

Mais quand je trouvai leur porte fermée
J'essayai d'en tourner la poignée, mais... »

Il y eut un long silence.
« Est-ce tout ? demanda timidement Alice.
– C'est tout, répondit Humptie Dumptie. Au revoir. »
« Que voilà des façons brusques ! » songea Alice. Elle se leva donc et lui tendit la main. « Au plaisir de vous revoir ! dit-elle aussi chaleureusement que possible.
– Il est peu probable que je vous reconnaisse, au cas où nous nous reverrions, répondit Humptie Dumptie. Vous ressemblez tellement aux autres gens ! Ah ! si vous aviez les deux yeux du même côté du nez, par exemple... ou la bouche sur le front...
– Ça ne serait pas très joli », objecta Alice.
Alice attendit une minute encore, au cas où il lui adresserait de nouveau la parole, mais comme il ne lui prêtait plus la moindre attention, elle s'en alla tranquillement. Soudain, un formidable fracas retentit dans toute la forêt.

CHAPITRE VII

Le Lion et la Licorne

L'instant d'après, des soldats arrivaient en courant à travers bois, d'abord par deux ou trois, puis par bandes si nombreuses qu'ils semblaient remplir toute la forêt. Alice, de peur d'être renversée et piétinée, se posta derrière un arbre et les regarda passer.

Elle se dit que, de sa vie, elle n'avait vu des soldats si mal assurés sur leurs pieds : ils trébuchaient sans cesse sur quelque obstacle et chaque fois que l'un s'étalait, plusieurs autres lui tombaient dessus, si bien que le sol fut bientôt jonché de petits tas d'hommes en armes.

Puis vinrent les chevaux. Leurs quatre pieds leur assuraient un meilleur équilibre qu'aux fantassins ; mais tout de même chacun d'eux butait de temps à autre et il semblait de règle qu'à chaque fois son cavalier vidât aussitôt les étriers. La confusion empirait de minute en minute et Alice fut bien contente de gagner une clairière où elle trouva le Roi Blanc, activement occupé à griffonner sur son calepin.

« Je les ai dépêchés là-bas, tous ! s'écria le Roi quand il aperçut Alice. N'auriez-vous pas, ma chère enfant, rencontré mes troupes ?

– En effet, dit Alice : plusieurs milliers d'hommes, m'a-t-il semblé.

– Quatre mille deux cent sept, exactement, précisa le Roi en consultant son carnet. Je n'ai pu envoyer les deux Messagers car ils sont tous deux partis pour la ville. Regardez donc sur la route et dites-moi si vous apercevez l'un d'eux.

– Je vois... personne sur la route, répondit Alice.

– Je donnerais cher pour avoir des yeux comme les vôtres, dit le Roi d'un ton amer. Etre capable de voir Personne! Et à cette distance encore! Ma foi, c'est tout juste si je peux, moi, quand il fait jour, voir quelqu'un de bien réel!»

Alice mit la main en visière au-dessus des yeux. «J'aperçois quelqu'un à présent! s'exclama-t-elle. Mais comme il se tient bizarrement!» (Car le Messager ne cessait, tout en marchant, de sautiller et de se tortiller comme une anguille en tenant ses grandes mains écartées de chaque côté de lui comme des éventails.)

«C'est un Messager anglo-saxon, dit le Roi, et il se tient à la façon anglo-saxonne. Il se nomme Haigha. L'autre Messager s'appelle Hatta. Il m'en faut *deux,* voyez-vous... pour l'aller et le retour. Un pour aller, l'autre pour revenir.»

Sur ces entrefaites, le Messager arriva. Bien trop essoufflé pour articuler un seul mot, il se contenta d'agiter les mains en tous sens et d'adresser d'horribles grimaces au pauvre Roi. «Vous m'inquiétez! s'exclama le Roi. Je me sens défaillir... Donnez-moi vite un sandwich au haddock!»

Sur quoi le Messager, au grand amusement d'Alice, ouvrit un sac

pendu à son cou et en sortit un sandwich dont le Roi s'empara pour le dévorer avidement.

« Un autre sandwich ! exigea le Roi.

— Il ne reste que de la hure de porc, répondit le Messager en plongeant son nez dans le sac.

— Va pour la hure ! Rien de tel en cas de défaillance qu'un bon morceau de hure ! déclara le Roi.

— Je croyais que dans ce cas, dit Alice, il n'y avait rien de mieux que de l'eau froide sur le visage.

— Je n'ai pas dit qu'il n'y avait rien de *mieux,* répliqua le Roi. J'ai dit qu'il n'y avait rien de *tel.* Qui avez-vous dépassé sur la route ? demanda le Roi en tendant la main pour que le Messager lui donnât encore un peu de hure.

— Je le chuchoterai », dit le Messager en se penchant de façon à être tout près de l'oreille royale. Toutefois, au lieu de chuchoter, le Messager cria de toute la force de ses poumons : « Ils sont encore en train de se bagarrer !

— Vous appelez ça *chuchoter* ? s'écria le pauvre Roi. Si jamais vous recommencez une excentricité pareille, je vous ferai des compliments !

— Qui sont ces gens encore en train de se bagarrer ? demanda Alice.

— Mais, voyons, le Lion et la Licorne, répondit le Roi. Ils se bagarrent pour la couronne, et le plus drôle, c'est que c'est tout le temps pour ma couronne, à moi ! Vite, allons les voir ! » Ils partirent au pas de course, tandis qu'Alice se répétait tout en courant les paroles de la vieille chanson :

Pour la couronne, la Licorne et le Lion
Sur la place publique échangent force horions.
On leur donne du pain bis, on leur donne du pain blanc,
On leur donne du gâteau aux brugnons,
Et de la ville on les chasse, tambour battant.

«Est-ce que... celui... qui gagne... remporte la couronne? demanda-t-elle d'une voix haletante, car elle n'avait plus de souffle à force de courir.

– Dieu merci, non! répondit le Roi. En voilà une idée!»

Alice n'ayant plus de souffle pour parler, ils continuèrent de se hâter en silence, et arrivèrent enfin là où le Lion et la Licorne s'affrontaient. Les deux combattants étaient enveloppés d'un nuage de poussière si épais qu'Alice, tout d'abord, ne put les distinguer, mais elle finit par reconnaître la Licorne... à sa corne!

Le Roi, Haigha et Alice vinrent se placer près d'Hatta, l'autre Messager qui, debout, observait le combat, une tasse de thé dans une main, une tartine beurrée dans l'autre.

«Il vient tout juste de sortir de prison et, quand on l'y enferma, il n'avait pas fini de prendre son thé», chuchota Haigha à l'oreille d'Alice.

Hatta se retourna, hocha la tête et continua de manger sa tartine de beurre.

«Avez-vous été heureux en prison, cher enfant?» demanda Haigha.

Une ou deux larmes roulèrent sur les joues de Hatta mais il ne dit pas un mot.

«Refuseriez-vous donc de parler? s'écria le Roi. Où en sont-ils de leur combat?»

Hatta avala un gros morceau de sa tartine et répondit : « Ils font très bon ménage : chacun d'eux a mordu la poussière environ quatre-vingt-sept fois. » A ce moment précis, le combat s'interrompit et le Lion et la Licorne s'assirent, à bout de souffle, tandis que le Roi annonçait : « Dix minutes d'entracte ! Que l'on serve les rafraîchissements ! »

Haigha et Hatta s'empressèrent aussitôt de faire circuler des plateaux de pain bis et de pain blanc.

« Je ne pense pas qu'ils reprennent le combat aujourd'hui, dit le Roi à Hatta. Allez transmettre l'ordre qu'on batte les tambours. » Et Hatta s'en fut en sautillant comme une sauterelle.

A ce moment la Licorne, les mains dans les poches, nonchalamment, vint à passer près d'eux. « Avez-vous vu comme j'ai eu le dessus cette fois ? lança-t-elle en jetant au passage un bref regard au monarque.

— Vous n'auriez pas dû, voyez-vous, le transpercer de votre corne, répondit le Roi.

– Je ne lui ai pas fait de mal », repartit la Licorne. Elle allait continuer son chemin quand par hasard son regard tomba sur Alice :

« Qu'est-ce... que c'est... que ça ? demanda-t-elle à la fin, avec un air de profond dégoût.

– C'est une petite fille ! répondit vivement Haigha. Nous avons découvert ça aujourd'hui.

– J'ai toujours cru que c'étaient des monstres fabuleux ! dit la Licorne. Est-elle vivante ?

– Ça sait parler », dit Haigha d'une voix solennelle.

La Licorne considéra Alice d'un air rêveur, puis lui dit : « Parlez, mon enfant. »

Alice ne put retenir un sourire en disant : « Savez-vous que moi aussi j'ai toujours cru que les Licornes étaient des monstres fabuleux !

– Eh bien, maintenant que nous nous sommes vues l'une et l'autre, dit la Licorne, si vous croyez en moi, je croirai en vous. Marché conclu ?

– Oui, si vous le voulez, répondit Alice.

– Allez, mon vieux, faites-nous donc apporter le gâteau aux brugnons ! poursuivit la Licorne en se tournant vers le Roi. Très peu pour moi, votre pain bis ! »

Haigha sortit un gros gâteau du sac et le donna à tenir à Alice tandis que le Lion, sur ces entrefaites, les avait rejoints.

« Qu'est ceci ? » demanda-t-il en clignant mollement des yeux vers Alice et en parlant d'une voix si grave qu'elle évoquait le bourdonnement d'une grosse cloche.

« C'est un monstre fabuleux ! s'écria la Licorne, sans laisser à Alice le temps de répondre.

– Eh bien, Monstre, faites donc circuler le gâteau aux brugnons, dit le Lion. Asseyez-vous, tous les deux », ajouta-t-il à l'intention du Roi et de la Licorne.

Le Roi, manifestement, répugnait à s'asseoir entre les deux énormes créatures, mais il n'y avait pas d'autre place pour lui.

« Quel combat pourrions-nous livrer *maintenant* ? s'écria la Licorne en coulant un regard sournois vers la couronne que le pauvre Roi avait bien du mal à conserver sur la tête, tant il tremblait.

– Je l'emporterais facilement, lâcha le Lion. Je vous ai fait courir à travers la ville, espèce de poule mouillée ! »

Le Roi intervint alors pour empêcher la querelle de s'envenimer. « Etes-vous passés par le vieux pont ou par la place du marché ?

– Je n'en sais vraiment rien ! grommela le Lion. Il n'y avait rien d'autre à voir que de la poussière. Que le Monstre en met du temps, à découper ce gâteau ! »

Alice s'était assise au bord d'un petit ruisseau, et avec ardeur découpait le gâteau.

« Vous ne savez pas découper les gâteaux du Miroir, fit observer la Licorne. Faites-le d'abord circuler et découpez-le ensuite. »

Cela semblait absurde, mais Alice, obéissante, se leva, fit circuler le plat et le gâteau se divisa de lui-même en trois morceaux. « *Maintenant,* découpez-le », dit le Lion, tandis qu'elle regagnait sa place avec le plat vide.

« Je le déclare, ce n'est pas juste ! s'écria la Licorne, le Monstre a donné au Lion une part deux fois plus grosse que la mienne ! »

Mais Alice n'eut pas le temps de lui répondre : les tambours s'étaient mis à battre.

Elle n'aurait su dire d'où venait le bruit : l'espace semblait empli

du roulement assourdissant qui résonnait dans sa tête jusqu'à ce qu'elle en fût tout abasourdie. Elle se leva d'un bond et dans sa terreur sauta de l'autre côté du petit ruisseau.

Elle eut juste le temps de voir le Lion et la Licorne se lever, furieux de devoir interrompre leur festin, avant de se boucher les oreilles pour tenter en vain d'échapper à l'effroyable vacarme.

« Si *cela* ne les chasse pas de la ville tambour battant, songea-t-elle, jamais rien n'y parviendra ! »

CHAPITRE VIII

« C'est une invention de mon cru »

Au bout d'un moment, le bruit s'atténua peu à peu, et Alice leva la tête. Il n'y avait plus âme qui vive autour d'elle et elle fut tout d'abord encline à penser que Lion, Licorne et Messagers anglo-saxons n'avaient été qu'un rêve. A cet instant, le cours de ses réflexions fut interrompu par un retentissant : « Holà ! Holà ! Echec ! » et un Cavalier, revêtu d'une armure cramoisie, arriva au galop droit sur elle. Au moment précis où il allait l'atteindre, son destrier pila des quatre fers : « Vous êtes ma prisonnière ! » s'écria le Cavalier en dégringolant de sa monture.

Ce ne fut pas sans une certaine inquiétude qu'Alice le regarda se remettre en selle. Dès qu'il fut confortablement réinstallé, il lança pour la seconde fois : «Vous êtes ma...» mais une autre voix l'interrompit d'un tout aussi retentissant : «Holà! Holà! Echec!»

Cette fois, c'était un Cavalier Blanc. Il vint brusquement s'arrêter à la hauteur d'Alice et dégringola de son cheval tout comme l'avait fait le Cavalier Rouge. Puis il se remit en selle et les deux Cavaliers restèrent quelque temps à se mesurer du regard en silence, tandis qu'Alice les considérait tour à tour avec un certain effarement.

«Elle est *ma* prisonnière, sachez-le! dit enfin le Cavalier Rouge.

– Oui, mais moi, je suis venu à son secours! répliqua le Cavalier Blanc.

– Eh bien, dans ce cas, nous allons nous battre, et elle appartiendra au vainqueur», dit le Cavalier Rouge. Il prit son casque (qui présentait vaguement la forme d'une tête de cheval) et s'en coiffa.

«Vous observerez, bien entendu, les Règles du Duel?» demanda le Cavalier Blanc en mettant à son tour son casque.

Aussitôt tous deux levèrent leurs masses d'armes et se mirent à se cogner dessus avec ardeur.

«Je me demande quelles peuvent être les Règles du Duel, se dit Alice, courant se réfugier derrière un arbre. L'une de ces Règles semble vouloir que, si l'un des Cavaliers touche l'autre, il le désarçonne, et que s'il le manque, ce soit lui-même qui dégringole... Comme leurs montures sont calmes! Elles les laissent se remettre en selle et vider les étriers comme si elles étaient de bois!»

Une autre Règle du Duel semblait les obliger à toujours tomber sur la tête et le combat cessa lorsque tous deux churent en même temps de cette façon : ils se serrèrent la main, puis le Cavalier Rouge remonta à cheval et partit au galop.

«Ce fut une glorieuse victoire, n'est-ce pas? s'écria le Cavalier Blanc, tout essoufflé, en s'approchant d'Alice.

– Je ne sais pas, répondit la fillette d'un ton dubitatif. Je n'ai pas l'intention de devenir la prisonnière de quiconque. Je veux être la Reine.

– Vous le serez, lorsque vous aurez franchi le prochain ruisseau,

déclara le Cavalier Blanc. Je veillerai à ce que vous atteigniez saine et sauve l'orée de la forêt. Ensuite, voyez-vous, je devrai m'en retourner, car je ne peux me déplacer au-delà.

– Merci beaucoup, dit Alice... Puis-je vous aider à ôter votre casque ? »

Il était revêtu d'une armure de fer-blanc qui semblait lui aller très mal et il portait, attachée sens dessus dessous en travers des épaules, une bizarre petite boîte de bois blanc dont le couvercle pendait.

« Je vois que vous admirez ma petite boîte, dit le Cavalier d'un ton amical. Elle est de mon invention... pour y mettre vêtements et sandwiches. Voyez-vous, je la porte à l'envers pour que la pluie ne puisse y entrer.

– Mais ce que vous y mettez peut en *sortir,* fit suavement observer Alice. Savez-vous que le couvercle est ouvert ?

– Je l'ignorais, répondit le Cavalier. Alors tout ce qu'elle contenait a dû tomber ! » Il allait jeter la boîte dans les buissons lorsqu'il parut frappé d'une pensée soudaine ; il suspendit soigneusement la boîte à une branche d'arbre. « Devinez-vous pourquoi j'ai fait cela ? » demanda-t-il à Alice.

Alice hocha négativement la tête.

« Dans l'espoir que des abeilles y fassent leur nid... et ainsi je n'aurai plus qu'à récolter le miel.

– Mais vous avez déjà une ruche attachée à votre selle, fit remarquer Alice.

– Oui, c'est même une très bonne ruche, répondit le Cavalier, mais pas une seule abeille ne s'en est encore approchée. Et ce que vous voyez là, c'est un piège à souris. Peut-être les souris éloignent-elles les abeilles, à moins que ce soit le contraire, je ne sais pas au juste. Voyez-vous, reprit-il après un moment de silence, il est bon de *tout* prévoir. A quoi donc vous sert ce plat ?

– Il est fait pour contenir un gâteau aux brugnons, dit Alice.

– Nous ferions bien de l'emporter avec nous, dit le Cavalier. Il sera fort utile si jamais nous trouvons un gâteau aux brugnons. J'espère que vos cheveux tiennent bien ? poursuivit-il, tandis qu'ils se mettaient en route.

– Ils tiennent normalement, ni plus ni moins, répondit Alice en souriant.

– Hum! C'est à peine suffisant, dit-il d'une voix inquiète. Voyez-vous, le vent est terriblement fort ici, mais j'ai un système pour les empêcher de *tomber*. Il vous faut un bâton bien droit, ensuite vous y faites grimper vos cheveux, comme on fait grimper une plante le long d'un tuteur. Vous savez, les cheveux tombent uniquement parce qu'ils pendent *vers le bas...* on n'a jamais rien vu tomber *vers le haut,* voyez-vous. »

Alice chemina en silence, se creusant la tête sur cette idée et s'arrêtant de temps à autre pour aider le pauvre Cavalier, qui n'était certes pas bon cavalier, à se remettre en selle. «Vous ne devez pas avoir, je le crains, une très grande pratique de l'équitation», se risqua-t-elle timidement à dire en l'aidant à se relever de sa cinquième chute.

Le Cavalier se montra quelque peu vexé de cette remarque, tandis qu'il se juchait de nouveau en selle en s'agrippant d'une main aux cheveux d'Alice pour éviter de basculer de l'autre côté.

«Tout l'art de monter à cheval, comme j'étais en train de le dire, consiste à garder... une bonne assiette. Comme ceci, voyez-vous...

– C'est vraiment trop ridicule! s'écria Alice, perdant patience. Ce qu'il vous faudrait, c'est un cheval de bois à roulettes!

– J'en aurai un, murmura pensivement le Cavalier. Un ou deux... voire plusieurs. »

Il y eut un moment de silence, puis le Cavalier reprit :

«Voyez-vous, j'ai le génie de l'invention. Voulez-vous connaître un nouveau système pour franchir une barrière?

– Très volontiers, répondit poliment Alice.

– Voyez-vous, dit le Cavalier : "La seule difficulté concerne les pieds : la *tête* est déjà assez haut placée." Donc, je pose d'abord ma tête sur le haut de la barrière... puis je fais le poirier sur la tête... dès lors mes pieds, eux aussi, sont assez haut placés... et ensuite, voyez-vous, je n'ai plus qu'à basculer de l'autre côté.

– Ne croyez-vous pas que la méthode présente quelque difficulté? dit Alice.

– Je ne l'ai pas encore essayée, dit le Cavalier de son air grave, aussi ne puis-je m'en porter garant.

– Quel curieux casque vous avez! s'exclama-t-elle gaiement. Est-il également de votre invention?»

Le Cavalier regarda fièrement son casque qui pendait à sa selle. «Oui, dit-il, mais j'en ai conçu un autre bien meilleur que celui-ci... en forme de pain de sucre. Quand je le portais, si je tombais de cheval, il touchait le sol immédiatement, de sorte que ma chute s'en trouvait extrêmement raccourcie, voyez-vous... Bien entendu, il y avait un autre danger : celui de tomber *dedans.* Cela m'est arrivé une fois... et le pire, c'est que, avant que j'aie pu en ressortir, l'autre Cavalier Blanc est arrivé et s'en est coiffé. Il l'avait pris pour son casque, à lui!»

Le Cavalier s'était exprimé de façon si grave et solennelle qu'Alice ne se risqua pas à rire. «Vous avez dû lui faire mal, dit-elle d'une voix tremblante, à vous retrouver ainsi debout sur sa tête.

– Bien sûr, j'ai dû lui donner des coups de pied, répondit le Cavalier avec le plus grand sérieux. Alors il a retiré le casque... Mais il a fallu des heures et des heures pour m'en dégager, car, voyez-vous, je m'y étais très attaché.»

Il leva les mains en disant cela et, immédiatement, dégringola de son cheval pour aller rouler, tête la première, dans un profond fossé.

« Comment pouvez-vous continuer de parler si tranquillement, la tête en bas ? demanda Alice en le tirant par les pieds.

– Qu'importe la position de mon corps, dit le Cavalier. Mon esprit fonctionne tout aussi bien. En fait, plus je tiens ma tête en bas, plus j'invente de choses nouvelles. »

Alice était déçue.

« Vous êtes triste, dit le Cavalier, l'air soucieux : laissez-moi vous chanter une chanson pour vous réconforter.

– Est-elle très longue ? » s'enquit Alice d'un ton légèrement alarmé, car elle avait déjà entendu bien des poèmes ce jour-là.

« Elle est longue, répondit le Cavalier, mais très, *très* belle. La chanson s'appelle *Assis sur la barrière* et l'air en est de mon invention. »

A ces mots, il arrêta son cheval et laissa retomber les rênes sur son cou ; puis, battant lentement la mesure d'une main et son visage doux et stupide baigné de félicité, il se mit à chanter.

De toutes les scènes étranges qu'Alice put voir durant son voyage à travers le Miroir, celle-ci fut celle dont elle se souvint toujours avec le plus de netteté. Les doux yeux bleus et l'aimable sourire du Cavalier... le soleil couchant qui étincelait sur son armure, le cheval qui broutait paisiblement l'herbe devant elle, ses rênes pendant mollement sur l'encolure, et les ombres profondes de la forêt derrière eux. Elle observait, appuyée contre un arbre, l'étrange couple, en se laissant bercer par la mélancolique mélodie.

« Mais l'air, lui, *n'est pas* de son invention, se dit-elle. Je l'ai déjà entendu. »

«Je te dirai tout ce que je sais;
A vrai dire, il y a peu à raconter.
Un soir d'été, il y a longtemps,
Je vis un très vieil homme
Assis sur une barrière.
"Qui êtes-vous, vieil homme?
Comment vivez-vous?" demandai-je,
Et sa réponse me passa par la tête
Comme l'eau à travers un crible.

Il dit : "Je cherche les papillons.
Qui dorment parmi les blés;
Puis j'en fais des pâtés, des pâtés de mouton,
Que je vends dans les rues des cités.
Je les vends aux hommes en vareuse
Qui partent sur la mer houleuse.
C'est ainsi que je gagne ma vie
Un petit pourboire, je vous prie."

Mais je pensais à un produit
Qui teignît en vert les favoris,
Et toujours se servir d'un grand éventail
Qui vous dissimulât jusqu'à la taille.
Aussi, n'ayant de réponse à donner,
A ce que le vieil homme me disait,
Je m'écriai : "Allons, dites-moi comment vous vivez!"
Et un grand coup sur la tête, je lui assenai.

Avec de doux accents, il reprit son histoire.
Il dit : "Je vais par les sentiers
Et quand je trouve un ruisseau de montagne,
Je le fais flamber comme une volaille
Ainsi tire-t-on un produit, qu'on demande
Sous le nom d'huile de Macassar des Rowlands.
Mais pour ma peine, en tout,
On ne me donne pas plus de trois sous."

Mais je pensais au moyen
De se nourrir de pâte à frire
Et sans répit continuer
De se goinfrer et d'engraisser.
Je secouai le vieil homme
Jusqu'à ce que son visage en vînt à bleuir.
"Allons, dites-moi comment vous vivez,
M'écriai-je, et quel est votre métier !"

Il répondit : "Je chasse les yeux de morue
Parmi les éclatantes bruyères
Et j'en fais des boutons de gilet
Dans le silence de la nuit.
Et ces boutons, je ne les vends, ni pour or,
Ni pour pièce d'argent brillant;
Mais pour un demi-sou de cuivre,
Neuf d'entre eux vous pourrez acquérir.

Parfois je creuse la terre pour y chercher des petits-beurre.
Ou bien je pose des gluaux pour y prendre des crabes;
Parfois je creuse les tertres herbeux
Pour y chercher des essieux de Hansom-cabs.
Et voilà, me dit-il avec un clin d'œil, comment
J'amasse ma fortune.
Et c'est avec grand plaisir que je boirai
A la noble santé de Votre Honneur."

Je l'entendis enfin, car je venais tout juste
De parfaire mon projet
De garder de la rouille le pont Menai
En le faisant bouillir dans du vin.
Je le remerciai de m'avoir éclairé
Sur sa manière d'amasser sa fortune,
Mais surtout de m'avoir exprimé
Son désir de boire à ma noble santé.

Et depuis, si par hasard je mets
Les doigts dans de la glu
Ou si étourdiment j'enfile
Mon pied droit dans ma chaussure gauche,
Ou si par maladresse un poids très lourd
Vient à tomber sur mon orteil,
Je fonds en larmes car cela me rappelle
Ce vieil homme que j'ai connu...
Dont les traits étaient doux, la parole lente,
Dont les cheveux étaient blancs comme neige,
Dont le visage évoquait singulièrement le corbeau,
Dont les yeux luisaient telles des braises,
Qui semblait éperdu de chagrin,
Qui balançait son corps comme un pendule,
Et marmonnait d'incompréhensibles paroles,
Comme si sa bouche eût été pleine de pâte,
Qui renâclait comme un buffle...
Un soir d'été, il y a longtemps,
Un vieil homme était assis sur une barrière. »

Comme il chantait les dernières paroles de la ballade, le Cavalier reprit les rênes et orienta la tête de son cheval vers le chemin par lequel ils étaient venus. «Vous n'avez que quelques mètres à faire, dit-il à Alice, pour descendre la colline et franchir ce petit ruisseau. Alors vous serez Reine.

– Merci beaucoup, dit Alice, pour m'avoir accompagnée si loin... et aussi pour la chanson... elle m'a beaucoup plu.

– Je l'espère, répondit le Cavalier d'un air sceptique.» Puis il s'enfonça lentement dans la forêt. Alice le regarda s'éloigner. «Là, ça y est! En plein sur la tête, comme d'habitude! Ma foi, il se remet assez facilement en selle... c'est qu'il a suffisamment de prises avec tous ces objets suspendus tout autour de son cheval...» Elle continua ainsi de parler toute seule en observant la bête avancer d'un pas lent le long du chemin, et le Cavalier dégringoler, tantôt d'un côté, tantôt de l'autre. Après la quatrième ou la cinquième chute, il atteignit le tournant, et Alice attendit qu'il disparût, puis fit demi-tour pour descendre en courant la colline. «Et maintenant plus qu'un ruisseau pour être Reine! Comme c'est exaltant!» Quelques pas l'amenèrent au bord du ruisseau. «La huitième case, enfin!» s'écria-t-elle en franchissant d'un bond le petit ruisseau...

et en se recevant sur une pelouse aussi moelleuse que de la mousse, parsemée çà et là de petits parterres de fleurs. «Oh! comme je suis contente d'être arrivée ici! Mais qu'y a-t-il donc sur ma tête?» s'exclama-t-elle, en portant les mains à un objet très lourd qui ceignait étroitement son front. «Mais comment a-t-il pu...», se demanda-t-elle. C'était une couronne d'or.

CHAPITRE IX

La Reine Alice

« Ça alors, c'est formidable! s'exclama Alice. Je ne m'attendais vraiment pas à être Reine si tôt et du reste, dit-elle en se rasseyant, si je suis vraiment une Reine, je serai parfaitement capable de me comporter comme telle le moment venu. »

Tout ce qui lui arrivait était si étrange qu'elle n'éprouva pas la moindre surprise à se trouver assise entre la Reine Rouge et la Reine Blanche. Il n'y aurait aucun mal, pensa-t-elle, à demander si le jeu était terminé. « S'il vous plaît, voudriez-vous me dire... commença-t-elle en regardant timidement la Reine Rouge.

— Vous parlerez lorsqu'on vous adressera la parole! l'interrompit abruptement la Reine.

— Mais si chacun obéissait à cette règle, répliqua Alice, personne ne dirait jamais rien.

— Ridicule! s'exclama la Reine. » Après avoir réfléchi pendant une minute, elle changea brusquement de sujet de conversation. « Tout à l'heure, qu'entendiez-vous par : "Si je suis vraiment une Reine"? Ne savez-vous pas que vous ne pouvez être Reine avant d'avoir passé l'examen qui convient?

— J'ai bien dit "si"! » plaida d'un ton piteux la pauvre Alice.

Les deux Reines échangèrent un regard et la Reine Rouge remarqua : « Elle *prétend* avoir dit "si"...

— Je ne voulais certes pas dire... commença Alice, mais la Reine Rouge lui coupa la parole.

– C'est justement cela que je vous reproche! Vous *auriez dû* vouloir dire quelque chose.» Pendant une minute ou deux, un silence pénible suivit.

La Reine Rouge le rompit en annonçant à la Reine Blanche : «Je vous invite au dîner qu'Alice donne ce soir.»

La Reine Blanche sourit discrètement et dit : «Et en retour, je vous y invite, vous-même.

– Je ne savais pas du tout que je devais donner un dîner ce soir, observa Alice. Mais s'il doit y en avoir un, c'est à *moi,* me semble-t-il, de lancer les invitations.

– Nous vous avons donné l'occasion de le faire, fit remarquer la Reine Rouge ; mais sans doute n'avez-vous pas encore pris beaucoup de leçons de bonnes manières ?

– Ce n'est pas avec des leçons que l'on apprend les bonnes manières, repartit Alice. Les leçons vous apprennent à faire des opérations et autres choses de ce genre.

– Savez-vous faire une addition ? interrogea la Reine Blanche. Combien font un et un et un et un et un et un et un et un ?

– Je ne sais pas, dit Alice. J'ai perdu le compte.

– Elle ne sait pas faire une addition, trancha la Reine Rouge. Savez-vous faire une soustraction ? Huit moins neuf, combien cela fait-il ?

– Il n'est pas possible de soustraire neuf de huit, voyez-vous, répondit Alice sans hésiter, mais...

– Elle ne sait pas faire une soustraction, déclara la Reine Blanche. Voyons la division. Divisez un pain par un couteau... Qu'obtenez-vous ?

– Je suppose...» commença Alice, mais la Reine Rouge répondit pour elle : «Des tartines de beurre, naturellement.

– Elle est incapable de faire la moindre opération ! s'écrièrent en chœur et avec grandiloquence les deux Reines.

– Et vous-même, en êtes-vous capable ?» répliqua Alice en se tournant brusquement vers la Reine Blanche, qui eut un hoquet de surprise et ferma les yeux. «Je suis très capable de faire une addition, mais en *aucune* circonstance, je ne saurais faire une soustraction !

– Vous connaissez votre alphabet, dit la Reine Rouge.

– Bien sûr, que je le connais, dit Alice.

– Moi aussi, je le connais, murmura la Reine Blanche. Je peux lire des mots d'une seule lettre !

– Eventons-lui la tête ! intervint la Reine Rouge, inquiète. Elle doit avoir la fièvre à force de réfléchir. »

Sur quoi elles se mirent toutes deux à l'éventer avec des bouquets de feuilles, jusqu'au moment où Alice dut les supplier d'arrêter, car elle était tout échevelée.

« La voilà requinquée, à présent, dit la Reine Rouge.

– Quelle est la cause de l'éclair ?

– La cause de l'éclair, répondit avec assurance Alice, c'est le tonnerre... non, non ! se hâta-t-elle de rectifier. Je voulais dire l'inverse.

– Il est trop tard pour se reprendre, déclara la Reine Rouge. Cela me rappelle que nous avons eu un de ces orages, mardi dernier... je veux dire l'un des derniers mardis réunis, voyez-vous. »

Alice prit un air perplexe. « Dans notre pays à nous, fit-elle remarquer, il n'y a qu'un seul jour à la fois.

– Voilà un calendrier bien avare, dit la Reine Rouge. Chez *nous*, nous avons la plupart du temps deux ou trois jours et nuits à la fois. »

Ici la Reine Blanche reprit : « Ce fut un de ces orages, vous ne pouvez l'imaginer! Un pan de la toiture s'envola et il s'engouffra dans la pièce un énorme tonnerre qui se mit à gronder et à renverser tables et chaises et à me faire une peur telle que je n'étais même plus capable de me rappeler mon nom!»

La Reine Blanche poussa un profond soupir et posa la tête sur l'épaule d'Alice. «J'ai tellement sommeil! gémit-elle.

– La pauvre, elle est fatiguée! avertit la Reine Rouge. Prêtez-lui votre bonnet de nuit et chantez-lui une berceuse.

– Je n'ai pas de bonnet de nuit avec moi, dit Alice et je ne connais pas de berceuse.

– Alors je vais la chanter moi-même, dit la Reine Rouge en entonnant aussitôt :

Dodo, dodo, madame, sur les genoux d'Alice.
Un petit somme avant que la fête commence.
Le festin terminé, tous en piste pour la danse.
Avec Reine Blanche, Reine Rouge et Reine Alice.

« Et maintenant que vous en connaissez les paroles, ajouta-t-elle en posant sa tête sur l'autre épaule d'Alice, chantez-la tout entière pour *moi*. Je commence à avoir sommeil, moi aussi. »

Un instant plus tard les deux Reines, profondément endormies, ronflaient comme des sapeurs.

« Que faire à présent ? » s'exclama Alice en promenant un regard perplexe autour d'elle, tandis que l'une des deux têtes rondes, puis l'autre, roulaient de ses épaules pour tomber comme deux lourdes masses sur ses genoux.

Le ronflement, s'amplifiant de minute en minute, résonna de plus en plus comme l'air d'une chanson. Alice finit même par en distinguer les paroles et se mit à les écouter avec une attention telle qu'elle remarqua à peine la disparition soudaine des deux grosses têtes qui ballonnaient son giron.

Elle se trouvait maintenant devant une grande porte cintrée au-dessus de laquelle étaient gravés en majuscules les mots REINE ALICE. Juste alors la porte s'entrouvrit ; une créature à long bec passa la tête par l'entrebâillement et dit : « Défense d'entrer avant la semaine suivant la semaine prochaine ! » ; elle referma la porte avec fracas.

Alice frappa et sonna en vain pendant longtemps, mais à la fin une très vieille Grenouille, qui était assise sous un arbre, se leva et vint lentement vers elle en clopinant : elle portait un habit d'un jaune éclatant et avait aux pieds d'énormes brodequins.

« Que désirez-vous, à cette heure ? » murmura d'une voix rauque la Grenouille.

Alice se retourna. « Où est le serviteur chargé de répondre à la porte ? commença-t-elle de dire avec colère.

– Quelle porte ? » demanda la Grenouille.

Alice trépignait d'impatience : « *Cette* porte-ci, bien sûr ! »

La Grenouille promena ses grands yeux mornes sur la porte, puis elle s'en approcha et la frotta de son pouce, comme pour voir si la peinture s'en détacherait ; alors elle regarda Alice.

« Répondre à la porte ? dit-elle. Qu'a-t-elle demandé ? » Sa voix était si grave qu'Alice avait peine à l'entendre.

« Je ne vous comprends pas, dit Alice.

– Pourtant je parle anglais, non? reprit la Grenouille. Ou bien seriez-vous sourde! Que vous a demandé cette porte?

– Rien! répondit avec impatience Alice. Je n'ai fait que frapper!

– Vous n'auriez pas dû faire ça... non, vous n'auriez pas dû... marmonna la Grenouille. Ça lui fait de la "pêne", voyez-vous. »

A ces mots elle s'approcha de la porte et lui donna un grand coup de pied. « Laissez-la donc tranquille, dit-elle à Alice, et elle vous laissera tranquille. »

A ce moment la porte s'ouvrit brusquement et on entendit une voix aiguë qui chantait :

« Au monde du Miroir, Alice a fait savoir :
J'ai le sceptre en main, et la tête couronnée.
Que, sans exception, les créatures du Miroir
Avec les trois Reines ce soir viennent dîner! »

Alice entra donc, et traversa la grande salle en jetant vers la table un coup d'œil craintif; elle remarqua qu'il y avait environ cinquante convives de toute espèce. Il y avait trois chaises tout au bout de la table. La Reine Rouge et la Reine Blanche occupaient déjà deux d'entre elles, mais celle du milieu était vide. Alice vint y prendre place.

La Reine Rouge dit alors : « Vous avez manqué la soupe et le poisson, dit-elle. Que l'on serve la viande! » Et les serveurs déposèrent un gigot de mouton devant Alice.

« Vous avez l'air un peu intimidé, dit la Reine Rouge. Laissez-moi vous présenter à ce gigot de mouton : Alice... Mouton; Mouton... Alice. » Le Gigot se mit debout dans le plat et fit une brève

révérence à Alice. « Puis-je vous en donner une tranche ? demanda-t-elle en s'emparant du couteau.

— Sûrement pas ! répondit la Reine Rouge. Il n'est pas convenable de découper quelqu'un à qui on vient d'être présenté. » Et les serveurs d'enlever la pièce, pour la remplacer sur la table par un énorme plum-pudding.

« Je vous en prie, ne me présentez pas au Pudding, s'empressa de dire Alice, sinon nous n'aurons rien à dîner. »

Mais la Reine Rouge grogna : « Pudding... Alice ; Alice... Pudding. Qu'on remporte le pudding ! »

Et les serveurs de l'enlever aussitôt.

Cependant, Alice trouva injuste que la Reine Rouge fût la seule à commander et elle décida de tenter une expérience. « Serveur ! ordonna-t-elle. Rapportez le Pudding ! » Le Pudding fut de nouveau devant elle. Alice découpa une tranche qu'elle tendit à la Reine Rouge.

« Voyez-vous, j'ai dû écouter grand nombre de poésies aujourd'hui, commença Alice dans un silence de mort. Et c'est une très curieuse chose, à mon avis, que de constater que chaque poème, d'une façon ou d'une autre, parlait de poisson. Savez-vous pourquoi l'on aime tant les poissons, par ici ?

— A propos de poissons, murmura la Reine Rouge d'une voix solennelle à l'oreille d'Alice, sa Blanche Majesté connaît une charmante devinette — tout en vers — où les poissons ont la vedette. Voulez-vous qu'elle vous la récite ?

— Ce serait pour moi une très grande joie ! Puis-je ? murmura la Reine Blanche.

— Je vous en prie », répondit fort courtoisement Alice. La Reine Blanche commença :

« *D'abord, il vous faut attraper le poisson ;*
C'est facile : un bébé, je pense, le pourrait.
Ensuite, il vous faut acheter le poisson ;
C'est facile : deux sous y suffiraient.

Ce poisson, maintenant, il faut le cuisiner ;
C'est facile, pas plus d'une minute cela ne prendra.
Dans un plat, il faut alors le disposer ;
C'est facile, puisqu'il y est déjà !

Qu'on me l'apporte ! Laissez-moi m'en régaler !
C'est si facile de mettre un tel plat sur la table !
Le couvercle, il ne reste plus qu'à enlever.
Ah ! c'est si difficile que je m'en avoue incapable.

Car il tient comme s'il était collé,
Ce couvercle qui ne veut pas s'enlever.
Qu'est-ce qui est le plus aisé :
Découvrir le poisson ou découvrir la devinette ?

– Réfléchissez-y, dit la Reine Rouge. Entre-temps, nous boirons à votre santé... A la santé de la Reine Alice ! » cria-t-elle. Tous les invités se mirent aussitôt à lui porter des toasts et ils s'y prirent de façon très bizarre : certains d'entre eux renversèrent leurs verres sur le sommet de leur tête, d'autres renversèrent les carafes et burent le vin qui coulait des bords de la table... et trois d'entre eux (qui ressemblaient à des kangourous) grimpèrent dans le plat du Gigot dont ils se mirent à laper avidement la sauce.

«Vous devriez répondre à leurs toasts par un discours bien troussé», dit la Reine Rouge en jetant un regard sourcilleux à Alice. En fait, Alice eut beaucoup de mal à rester à sa place tandis qu'elle prononçait son discours : les deux Reines la poussaient si fort, chacune de son côté, qu'elles manquèrent de peu de la projeter dans les airs : «Votre accueil soulève en moi...», commença Alice, et à ces mots elle se souleva vraiment de plusieurs centimètres, mais elle s'agrippa au bord de la table et parvint à reposer ses pieds à terre.

«Prenez garde à vous! cria la Reine Blanche. Il va se passer quelque chose!»

Et alors toutes sortes d'événements se produisirent. Les bougies grandirent jusqu'au plafond. Quant aux carafons, chacun d'eux s'empara d'une paire d'assiettes dont il se fit des ailes, de deux fourchettes qui lui servirent de pattes et ils se mirent à voleter en tous sens.

A ce moment un nouveau rire s'éleva tout près d'elle; elle se retourna, curieuse : à la place de la Reine Blanche c'était le Gigot de mouton qui était assis là. «Me voici!» cria une voix provenant de

109

la soupière ; Alice virevolta de nouveau, juste à temps pour voir le large et affable visage de la Reine Blanche lui sourire un instant par-dessus le bord du récipient, avant de replonger dans la soupe.

«Je ne peux supporter cela plus longtemps!» s'écria Alice en bondissant vers la nappe qu'elle empoigna à deux mains et qu'elle tira à elle un bon coup : dans un grand fracas, assiettes, plats, convives et chandeliers allèrent s'écrouler en tas sur le plancher.

«Quant à *vous*», poursuivit-elle en se tournant avec emportement vers la Reine Rouge, qu'elle tenait pour responsable de tout ce désastre... mais la Reine n'était plus à ses côtés... Elle avait soudainement rapetissé au point d'être réduite à la taille d'une petite poupée et elle se trouvait à présent sur la table, courant joyeusement en rond. «Quant à *vous*, répéta-t-elle en se saisissant de la petite créature, je vais vous secouer jusqu'à ce que vous vous transformiez en petite chatte!»

CHAPITRE X

Secouant, secouant

A ces mots elle la souleva de table et se mit à la secouer d'avant en arrière de toutes ses forces.

La Reine Rouge ne lui opposa pas la moindre résistance mais son visage se rapetissa, se rapetissa, et ses yeux s'agrandirent, s'agrandirent et puis verdirent ; cependant, comme Alice continuait de la secouer, elle raccourcit encore... et se fit de plus en plus potelée et de plus en plus douce et de plus en plus ronde et...

CHAPITRE XI
Réveil

... et, finalement, se transforma bel et bien en petite chatte.

CHAPITRE XII

Qui a rêvé cela?

Sa Rouge Majesté ne devrait pas ronronner si fort, dit Alice en se frottant les yeux. Tu m'as réveillée alors que je faisais un rêve... Oh! un si joli rêve! Et tu es restée avec moi, Kitty... pendant tout mon voyage dans le monde du Miroir. Le savais-tu, ma chérie?»

Aussi, Alice chercha-t-elle parmi les pièces d'échecs qui se trouvaient sur la table, jusqu'à ce qu'elle eût retrouvé la Reine Rouge; alors elle s'agenouilla sur la carpette, devant le foyer, et plaça la chatte et la Reine face à face. « Allons, Kitty! s'écria-t-elle en battant des mains d'un air triomphant. Avoue que tu t'étais changée en Reine! Tiens-toi un peu plus droite, ma chérie! s'écria Alice avec un rire joyeux. Et fais

la révérence pendant que tu réfléchis à ce que tu vas ronronner. » Elle souleva alors la chatte pour lui donner un petit baiser : «Boule-de-neige, ma chérie! poursuivit-elle en tournant la tête vers la chatte blanche qui continuait de subir patiemment sa toilette, quand donc Dinah en aura-t-elle fini avec ta Blanche Majesté? Dinah! Sais-tu que c'est une Reine Blanche que tu débarbouilles là! Et en quoi *Dinah,* je me le demande, a-t-elle bien pu se métamorphoser? babilla-t-elle encore. Dis-moi, Dinah, n'était-ce pas toi, Humptie Dumptie? A propos, Kitty, si seulement tu avais pu me suivre partout dans mon rêve, il y a une chose que tu aurais sûrement aimée : figure-toi qu'on m'a récité des tas de poésies et toutes sur les poissons! Demain matin, tu vas être particulièrement gâtée. Pendant que tu prendras ton petit déjeuner, je te réciterai *Le Morse et le Charpentier* et alors tu pourras t'imaginer que tu manges des huîtres, ma chérie!

« Maintenant, Kitty, réfléchissons : qui a rêvé tout cela? Vois-tu, Kitty, ce ne peut être que moi ou le Roi Rouge. Il faisait partie de mon rêve, bien sûr... mais je faisais également partie du sien! *Etait-ce* le Roi Rouge, Kitty? Tu étais son épouse, ma chérie, aussi devrais-tu le savoir... Oh! Kitty, je t'en prie, aide-moi à y voir clair!»

Mais la petite chatte fit la sourde oreille.

Et d'après *vous,* qui a rêvé cela?

L'esquif, sous un ciel radieux,
Glisse sur l'onde paresseuse
Par un bel après-midi de juillet.

Trois fillettes blotties,
Œil ravi et oreille impatiente,
Réclament au conteur son récit.

Depuis longtemps le soleil a pâli.
D'échos assourdis en souvenirs défunts,
Aux premières gelées, juillet est loin.

Me hante encore ce regard d'Alice,
S'aventurant sous des cieux
Que jamais œil vigile ne vit.

Et les fillettes, pour écouter
Le conteur, se rapprochent,
Yeux ravis et oreilles impatientes.

Les voici dans le Pays des Merveilles,
Rêvant tandis que les jours passent,
Rêvant tandis que meurt l'été.

Toujours à dériver au fil de l'eau,
A contempler les couchants dorés,
La vie ne serait-elle qu'un rêve?